Cloomber Hallin salaisuus

Arthur Conan Doyle

Cloomber Hallin salaisuus

toimitus ja jälkisanat
Reijo Valta

Osuuskunta Jyväs-Ainola

ISBN 978-952-5353-73-0

lulu.com

2017

Minä James Fothergill West, lakitieteen ylioppilas St. Andrewn yliopistossa tahdon seuraavassa kertoa mitä minä tiedän Cloomberin salaisuudesta. Ja minä toivon ettei kukaan, joka asian tuntee, voi huomata ainoatakan tiedotetta, joka ei olisi täydessä sopusoinnussa totuuden kanssa.

Alussa oli aikomukseni kertoa tapahtumat siinä järjestyksessä, jossa ne esiintyivät ja sen mukaan mitä osaksi itse olin kuullut puhuttavan, mutta asiaa tarkemmin ajatellessani olen tehnyt toisen suunnitelman.

Tahdon näet käyttää hyväkseni useampia käsikirjoituksia, joita minulla on hallussani. Ne ovat semmoisten henkilöitten kirjoittamia, joilla oli paras tilaisuus tuntea G. B. Heatherstone. Tätä suunnitelmaa seuratessani esitän Israel Stakesin ja John Easterlingin todistukset. Edellinen oli ollut ajajana Cloomber Hallissa, jälkimmäinen taas käytöllisenä lääkärinä Straenraedissa, Wigtownchiressa. Ja minä liitän tähän otteen John Berthier Heatherstonen päiväkirjasta, joka käsittelee Thul-laaksossa ensimmäisen afghanilaissodan lopussa syksyllä 1841 sattuneita tapauksia, ynnä kertomuksen Teradasolan kahakasta ja Ghoolab Shahin kuolemasta. Mitä minuun itseeni tulee, sitoudun täyttämään ne aukot, joita kertomuksessa voi löytyä.

Isäni John Hunter West taisi hyvin itämaisia kieliä ja sanskritia. Hän oli sir William Jonesin jälkeen ensimmäinen, joka kiinnitti yleisön huomion vanhemman persialaisen kirjallisuuden suureen arvoon, ja hänen Hanzista ja Ferideddin Atarista tekemiään käännöksiä ovat wieniläinen parooni von Hammer-Purgstall ja monet muut suuresti ihastelleet. Itämaisessa tieteellisessä lehdessä tammikuulla 1861 sanotaan hänestä että hän on "der berühmte und sehr gelehrte Hunter West von Edinburgh" (kuuluisa ja sangen oppinut edinburghilainen Hunter West).

Isäni oli kasvatettu asianajajaksi, mutta oppineitten tutkimustensa vuoksi hän hyvin laimeasti hoiti tätä tointaan. Kun hänen hoitolaisensa etsivät häntä hänen vastaanottohuoneestaan, istui hän jossakin kirjastossa, syventyneenä vanhan homehtuneen käsikirjoituksen lukemiseen. Hänen omaisuutensa hupeni nopeasti, ja pian ei meillä ollut muuta kuin Firdusin ja Omar Chiamin lyhyet mietelmät ja ohjesäännöt. Meidän olisi täytynyt turvautua kerjäläissauvaan, jos ei isäni velipuoli, Branksomen herra William Farintosh olisi ruvennut suojelusenkeliksemme.

Tällä William Farintoshilla oli maatila Wigtownshiressä. Tähän taloon kuului monta tuhatta tynnyrinalaa maata, enimmäkseen hedelmättömiä kankaita ja hietakenttiä. Mutta koska hän oli naimaton, olivat hänen menonsa vähäiset. Hänellä oli ollut kyllin elämiskeinoa ja olipa hän vielä pannut isomman rahasumman pankkiinkin.

Me tapasimme hänet harvoin, mutta juuri siihen aikaan, jolloin me olimme leivättöminä ja neuvottomina, saimme häneltä kirjeen, joka teki lopun taloudellisista huolistamme. Branksomen herra kirjoitti että hänen keuhkonsa olivat vioittuneet ja että tohtori Easterling oli määrännyt hänen viettämään muutamia vuosia lämpimämmässä ilmanalassa. Hän aikoi siis asettua etelä-Italiaan asumaan ja pyysi meitä tulemaan

Branksomeen asumaan hänen poissaoloajakseen ja isäni hoitamaan maatilaa. Hän tarjosi hänelle suuren palkan, joten me taas pääsimme riippumattomaan asemaan.

Äitimme oli kuollut muutama vuosi sitten, ja minä ja sisareni Ester olimme ainoat, jotka voisimme seurata isää. Hän päätti heti hyväksyä herran hyväntahtoisen tarjouksen ja matkusti samana iltana Wigtowniin.

Sisareni ja minä seurasimme häntä muutamaa päivää myöhemmin ja veimme mukanamme kaksi perunasäkillistä kirjoja ja semmoisia talouskaluja, joita me pidimme tarpeellisina kulettaa.

II Ihmeellisestä tavasta, jolla vuokralainen tuli Cloomberiin

Meistä, jotka kaiken aikamme olimme asuneet vuokratussa huoneessa, oli Branksome muhkea koti, vaikka ei sitä läheskään voinut verrata englantilaisen aatelisherran asuntoon. Talo oli tilava ja matala punaisine tiilikattoineen, korkeine pieniruutuisine ikkunoineen ja monine huoneineen, joitten seinät oli tammilaudoilla päällystetty. Asuinrakennuksen edustalla oli ruohokenttiä, joilla kasvoi myrskyn pahoin raasimia pyökkipuita. Toisella puolella oli kylä Branksome-Bere, jossa oli toistakymmentä hökkeliä. Niissä asui kalastajia, jotka pitivät talonherran luonnollisena suojelijanaan. Lännen puolelta näkyi leveä, kellertävä rannikko ja Irlannin meri, samalla kun aho ulottui kaikkiin muihin ilmansuuntiin, näyttäen lähempää harmaanvihreältä ja etäämpää purppuranväriseltä.

Tällä rannikolla tuntui kolkolta ja yksinäiseltä. Sai kulkea useampia peninkulmia tapaamatta muuta elävää olentoa kuin valkoisen kolmivarpaisen kalalokin, joka huuteli räikeällä, surullisella äänellään.

Kun oli tultu Branksomen ohi, ei näkynyt muuta ihmistyön merkkiä kuin korkea, valkoinen torni, joka kuului Cloomber Halliin ja kohoutui ikäänkuin muistopatsas jättiläisen haudalla, honkien ja lehtikuusien ympäröimänä.

Tuon suuren huoneen, joka oli vähää enemmän kuin englannin peninkulman matkalla meidän asunnosta, oli rakennuttanut eräs glasgowilainen kauppias, yksineläjä, jolla oli omituiset tavat. Mutta meidän sinne tulon aikana oli se jo moniaita vuosia ollut kylmillä ja teki nyt kalastajien meriviitan tehtävää, sillä kokemus oli näille opettanut, että kun he näkivät herran savutorven ja Cloomberin tornin samassa linjassa, osasivat he ohjata veneensä karien välitse.

Tähän autioon paikkaan oli kohtalo johdattanut isäni, sisareni ja minut. Mutta yksinäisyys ei meitä kauhistanut. Me olimme iloiset saadessamme poistua meluisasta kaupungista, sillä täällä emme olleet utelijasten ja kiusallisten naapurien ympäröiminä. Talon isäntä oli jättänyt ajeluvaunut ja kaksi pientä hevosta meidän käytettäviksi ja me käytimme tätä kulkuneuvoa, kun tahdoimme tehä kiertomatkan maatilan ympäri, Esterin levittäessä iloa ja hauskuutta huoneeseen ja vanhalla hilpeämielisyydellään hoitaessa taloutta. Me vietimme yksinkertaista elämää, hakematta vaihtelua, aina siihen kesäiltaan asti, jolloin sattui odottamaton tapaus, ja tätä seurasivat ne merkilliset tapahtumat, joista minä nyt tahdon kertoa.

Minulla oli tapana mennä usein iltaisin soutelemaan isännän veneellä ja pyytää muutamia valkoturskia illalliseksemme. Kerran tuli sisareni mukanani ja oli istunut veneen perään kirja kädessä. Aurinko oli vaipunut alas Irlannin rannikon taakse, mutta iltarusko oli vielä jälellä ja heitti rusottavan hohtonsa vedenkalvoon. Minä olin noussut veneen kokalle, voidakseni paremmin pitää silmällä rantaa, mertä ja taivasta, ja juuri kun olin nousemaisillani seisomaan, veti sisareni takinhiastani ja päästi hämmästyksen huudahduksen.

"Katso John", puhkesi hän sanomaan, "tuolla Cloomberin tornissa on valo!"

Minä käännyin katsomaan valkoista tornia, joka kohoutui puitten takaa. Minä näin selvästi valonhohteen, joka virtasi yhdestä ikkunasta ja sitten vielä loisti toisesta ylempänä olevasta ikkunasta. Siellä leimusi se hetken aikaa ja loisti viimein hahdesta melkoisesti alempana olevasta ikkunasta, jotka juuri saattoi nähdä puitten yli. Oli päivän selvää että joku kynttilä tai lamppu kädessä oli noussut tornin portaita ylös ja sitten taas palannut huoneen alaosiin.

"Kuka kaikessa maailmassa se olisi", huudahdin minä. Ehkä siellä on Branksome-Berestä joku, jolla on halu tutkia paikkaa.

Sisareni pudisti päätään. "Ei ainoakaan heistä tohtisi astua jalkaansa portista sisälle", sanoi hän. "Ja avaimet ovat Wigtownissa, sen miehen hallussa, jolle huoneen tarkastus on uskottu. Niin utelijaita kuin Branksome-Beren asukkaat voivat ollakin, eivät he kuitenkaan voisi tunkeutua huoneeseen."

Kun minä ajattelin niitä lujarakenteisia ovia ja vankkoja ikkunaluukkuja, jotka suojelivat Cloomberin alakertaa, en voinut olla tunnustamatta että sisareni oli oikeassa. Yöllisen vieraan oli joko täytynyt käyttää väkivaltaa tai oli hän saanut avaimet haltuunsa. Haluten saada tietää asianlaidan jouduttin rantaan soutamista siinä lujassa päätöksessä että ottaisin selvän siitä kuka oli tunkeutunut linnaan ja mitä hän myöhäisellä käynnillään tarkoitti. Branksomeen päästyämme sanoin jäähyväiset sisarelleni, ja kun olin saanut seuraani Seth Jameisonin, menin kankaan poikki hänen kanssaan.

"Tuolla huoneella ei ole hyvää mainetta erittäinkään pimeän tultua", huomautti seuralaiseni, hiljentäen käyntiään, kun minä selitin hänelle aikeeni.

"Se seikka ei ole merkitystä vailla ettei huoneen omistaja tahdo tulla skotlannin peninkulman päähän tänne."

"Mutta näettehän te, Seth, että löytyy joku, joka ei pelkää sinne mennä, sanoin minä ja osoitin suurta, valkoista rakennusta, joka loisti meille pimeästä.

Se valo, jonka minä olin mereltä huomannut liikkui edestakaisin alakerrassa, jonne minä helposti saatoin nähdä koska oli jätetty ikkunaluukut sulkematta. Minä huomasin nyt että heikompi valo seurasi ensimmäistä. Oli selvää että kaksi olentoa, toisella lamppu ja toisella kynttilä kädessä tutki huonetta ylhäältä alas.

"Hoitakoon jokainen omia tehtäviään älköönkä sekaantuko muitten asioihin", sanoi Seth Jameison yrmeästi ja pysähtyi keskitielle. Mitä se meihin koskee, jos kummitus tai noita saa halun käydä Cloomberissa! Meillä ei ole semmoisissa asioissa mitään tekemistä."

"Ettehän te, ihminen voi luulotella että kummitus kulkee vaunuissa ajaen? Tuolla portilla näkyvät lyhdyt ovat kiinni vaunuissa."

"Siinäpä todella olette oikeassa", huudahti seuralaiseni paljoa keveämmällä äänellä kuin ennen. "Ohjatkaa valoa kohden, nuoriherra West ja ottakaa te selko mistä se tulee."

Tähän aikaan oli jo pilkkopimeä. Me menimme Wigtowntielle, sille paikalle, jossa korkeat kivipatsaat osottavat Cloomberin lehtikujaan johtavan käytävän suuta. Vaunut olivat portin edustalla ja hevonen söi ruohoa tien vieressä.

"Te olitte oikeassa", sanoi Jameison ja katseli tyhjiä vau-

11

nuja. Minä tunnen ne ja tiedän että niitten omistaja on herra Mc Neil Wigtownista, hän, jolla on avaimet.

"Siinä tapauksessa voimme puhua hänen kanssaan, kun kerran olemme täällä", sanoin minä. "Jos en erehdy tulevat he nyt pihalta."

Vielä puhuessamme me kuulimme että raskas käytävänportti lyötiin kiinni, ja muutaman minuutin kuluttua näimme kaksi olentoa pimeässä lähenevän meitä. Toinen oli pitkä ja hoikka, toinen lyhyt ja paksu. He puhuivat niin innokkaasti etteivät huomanneet meitä ennen kuin olivat menneet portista ulos.

"Hyvää iltaa, herra Mc Neil", sanoin minä ja astuin muutaman askeleen eteenpäin Wigtownin asiamiestä kohden, jonka tunsin.

Pienempi noista kahdesta miehestä käänsi kasvonsa minuun, kun minä puhuin, ja näytti etten minä ollut väärin tuntenut. Mutta pitkä mies hypähti muutaman askelen taaksepäin ja näytti olevan kovasti liikutettuna.

"Mitä tämä on, herra Mc Neil", huudahti hän puoleksi hillityllä äänenpainolla. "Näinkö te pidätte lupauksenne? Mikä on tarkoituksenne?"

"Älkää huolestuko kenraali! Älkää huolestuko", sanoi pieni lihava mies rauhoittavalla äänellä, jolla säikähtänyttä lasta puhutellaan. Tämä on nuori Fothergill West Branksomesta. Mutta minä en ymmärrä syytä miksi hän on tullut tänne tänä iltana. Teistä tulee kaikessa tapauksessa naapurukset, ja sen tähden minä tahdon esittää teidät toisillenne. Herra West, tämä on kenraali Heatherstone, joka aikoo asettua Cloomber Halliin asumaan."

Minä ojensin käteni pitkälle miehelle, joka puolittain vastahakoisesti pusersi sitä.

"Lähdin tänne", sanoin minä, "koska näin valoa ikkunoista ja luulin jotakin olevan tekeillä. Minua ilahuttaa tänne tuloni, koska siten sain tilaisuuden tehdä tuttavuutta kenraalin kanssa."

Puhuessani tiesin Cloomber Hallin uuden vuokralaisen tuijottavin silmin katselevan minua. Kun olin lakannut puhumasta, ojensi hän pitkän vapisevan käsivartensa ja käänsi vaunun lyhdyn niin että valo siirtyi kasvoilleni.

"Herra Jumala, Mc Neil", huudahti hän samalla säikähdystä osottavalla äänellä, "tuo mieshän on ruskea kuin suklaatti. Hän ei ole englantilainen. Ettehän te ole syntynyt Englannissa? Oletteko ehkä?"

"Minä olen skotlantilainen, olen syntynyt ja kasvanut Skotlannissa", vastasin minä ja mieli teki nauraa, mutta hillitsin nauruni, koska vanha mies nähtävästi oli kauhistuksissaan.

"Skotlantilainen" sanoi hän, päästäen helpotuksen huokauksen. Suokaa minulle anteeksi, herra – herra – West. Minä olen kovin heikkohermoinen. Kiirehtikää nyt, Mc Neil, sillä tunnin kuluessa täytyy meidän päästä takaisin Wigtowniin. Hyvää yötä, herrani, hyvää yötä!"

Molemmat miehet astuivat vaunuihin. Mc Neil lyödä läimähytti ruoskalla hevosta, ja vaunut vierivät pimeyteen, kadoten meidän näkyvistä.

"Mitä te ajattelette meidän uudesta naapurista Jameison", kysyin minä kauan vaiti oltuamme.

"Hän näytti todellakin heikkohermoiselta. Kentiesi on hänen omatuntonsa rauhaton."

"Uskottavampaa on että hänellä on huono maksa", vastasin minä. "Hän näyttää sairaalta. Mutta nyt puhaltaa kylmä tuuli ja meidän on aika lähteä kotiin."

Minä sanoin seuralaiselleni hyvää yötä ja lähdin käymään suoraa päätä ahon poikki siihen suuntaan, josta loistivat Branksomen salinikkunasta tuikkivat ystävälliset valot.

III KENRAALI JA HÄNEN PERHEENSÄ

Niin kuin voi olettaakin, herätti koko seudulla suurta huomiota se seikka että Cloomber Hall saisi uusia vuokralaisia, ja kaikki ihmettelivät, tulisivatko nämä viihtymään siellä ja miksi he tahtoisivat asettua sinne asumaan. Wigtownista tuli käsityöläisiä, ja Cloomber Hallista kuului vasaranpauke aamusta iltaan. Hämmästyttävän pian pantiin korjaukset toimeen, ja selvästi näytti siltä ettei kenraali säästänyt rahaa.

Kun minä isäni kanssa aamiaispöydässä puhuin asiasta, huomautti hän:

"Kenraali Heatherstone on ehkä oppinut mies ja on valinnut tämän piilopaikan kirjoittaakseen tieteellisen kirjateoksen. Jos niin on laita annan minä ilolla hänelle luvan käyttää kirjastoani."

Esteri ja minä nauroimme tuolle juhlalliselle nimelle, jonka hän antoi meidän vähäpätöiselle kirjavarastolle.

"Voipa niin olla", vastasin minä, "mutta kun näin kenraalin, ei hän minusta näyttänyt opintojen harrastajalta. Minä uskon pikemmin että hän on tullut tänne saadakseen lepoa ja rauhaa sekä raitista ilmaa, sillä hän näytti sairaalta ja heikkohermoiselta ja katsoa tuiotti minuun kummallisella tavalla.

"Minua arveluttaa, onko hänellä vaimoa ja lapsia", puhkesi sisareni puhumaan. Miten yksinäiseltä ja kolkolta tällä seudulla oleskelu noista kurjista olennoista tuntuisikaan. Täällä ei koko seitsemän peninkulman alueella löydy muita kuin me, joitten kanssa he voisivat seurustella."

"Kenraali Heatherstone on erinomaisen taitava upseeri", huomautti isäni.

"Kuinka isä tietää sanoa hänestä mitään?"

"Oi lapseni, te olitte äsken valmiit nauramaan, kun minä puhuin kirjastostani, mutta se voi kuitenkin joskus minua hyödyttää."

Puhuessaan nousi hän seisomaan ja otti kirjahyllyltä punaisen kirjan, jota hän rupesi selailemaan.

"Tässä on luettelo Indian armeijasta kolme vuotta sitten", sanoi hän, "ja tässä luetaan juuri siitä miehestä, jota me haemme, J. B. Heatherstone on Bathordenin varakansleri ja komentaja. Hän on ollut Indian jalkaväen översti, mutta on ottanut eron virastaan ja saanut kenraalimajorin arvon. Sitten on tässä hänen ansioluettelonsa. Viisi kertaa on hänen nimensä mainittuna pikasanomissa. Minä luulen, lapseni, että meillä on hyvinkin syytä ylpeillä uudesta naapuristamme."

"Eikö kirjassa mainita, onko hän nainut", kysyi Ester.

"Ei. Tietoa naimisestaan ei ole otettu kappaleeseen, jonka otsakkeena on "urhokkaita tekoja", vaikka oli voinut olla paikallaan, jos se olisi sinne otettu."

Kaikki meidän tätä kohtaa koskevat epäilykset haihtuivat pian, sillä samana päivänä, jona korjaukset päättyivät, oli minulla asiaa Wigtowniin, ja minä tapasin vaunut, joissa kenraali Heatherstone perheineen istui matkalla uuteen kotiinsa. Hänen vieressään istui vanhahtava rouva, jolla oli kärsivät kasvonpiirteet, ja vastapäätä heitä istuivat nuori mies ja nuori tyttö. Mies näytti olevan minun ikäiseni, mutta tyttö tuntui muutamaa vuotta nuoremmalta.

Minä nostin hattuani ja aioin juuri ratsastaa heidän ohitsensa, kun kenraali huusi ajajan seisahtumaan ja ojensi sitten minulle kätensä. Minä saatoin nyt täydessä päivänvalossa huomata että hänen ankarat kasvonsa kykenivät osottamaan ystävällisiäkin eleitä.

"Kuinka voitte, herra Fothergill West", huudahti hän. "Pyydän anteeksi, jos osottauduin vähän ankaraksi, kun viimeksi tapasimme toisemme. Te saatte antaa anteeksi vanhalle sotilaalle, joka suurimman osan ikäänsä on ollut palveluksessa. Mutta kaikessa tapauksessa täytyy teidän tunnustaa että olette liian tummaihoinen voidaksenne olla skotlantilainen."

"Meillä on myös espanjalaista verta suonissamme", vastasin minä, hämmästyneenä siitä että hän uudestaan puuttui tähän asiaan.

"Se selvittää asian", lisäsi hän.

Sitten kääntyi hän vaimoonsa ja jatkoi:

"Salli, ystäväni, minun esittää sinulle herra Fothergill West. Ja tässä näette poikani ja tyttäreni. Me olemme tulleet tänne lepäämään, herra West, oikein lepäämään."

"Siinä tapauksessa olisi teidän mahdoton löytää parempaa paikkaa kuin tämä", vastasin minä.

"Vai luulette te niin", sanoi hän. "Minäkin luulen että täällä on hyvin tyyntä ja yksinäistä. Yöllä saa kai kulkea pitkiä matkoja tapaamatta ainoatakaan olentoa?"

"Useimmat pysyvät pimeän tultua huoneessa."

"Eivätkö maankulkijat ja kerjäläiset teitä ahdista? Eikö

täällä tapaa kattilanpaikkaajia, tyhjäntoimittajia tai mustalaisia?"

"Minusta tuntuu kylmältä", sanoi rouva Heatherstone ja kääriytyi paremmin paksuun hylkeenkauhtanaansa. Sitten hän lisäsi: "Lähtekäämme matkaan, sillä me viivytämme herra Westiä."

"Sinä olet ihan oikeassa. Sen me todella teemmekin. Ajakaa, ajomies! Hyvästi herra West!"

Vaunut vierivät siihen suuntaan, jossa linna oli, ja minä jatkoin mietteisiini vaipuneena ratsastustani pieneen kaupunkiin.

Kun ajoin isoakatua, juoksi herra Mc Neil ulos liiketoimistostaan ja viittasi minua pysähtymään.

"Meidän uudet vuokralaiset muuttavat jo tänään asuntoonsa. He ovat nyt matkalla Cloomber Halliin", sanoi hän.

"Minä tapasin heidät tiellä", vastasin minä.

Silmäillessäni pientä miestä huomasin että hänen kasvojaan kuumotti ja että hän nähtävästi oli ottanut ylimääräisen lasillisen.

"On hauskaa tehdä kauppoja todellisen herrasmiehen kanssa", sanoi hän ja pyrskähti nauramaan. "Semmoinen ymmärtää minua ja minä häntä." "Kuinka paljo minä panen tähän", sanoo kenraali, ottaa vekselin taskustaan ja panee sen pöydälle. "Kaksisataa", sanon minä.

"Minä luulin teidän saaneen maksun Cloomber Hallin omistajalta", sanoin minä asioitsijalle.

"Sainpa kyllä, mutta ei haitannut, vaikka hänkin minulle muutaman kolikan antoi. Sillä tavalla kaksi herrasmiestä

kaupoista sopii. Ettekö tahdo tulla sisälle, herra West, maista-
maan vähän konjakkia?"

"En, kiitoksia! Minulla on asia toimitettavana."

"Niin, liikeasiat ennen kaikkia. Eikä minun tarjoomani
ryyppy ole juuri mikään aamuryyppy. Mitä minuun itseeni tu-
lee, en koskaan maista väkiviinaa päivällisen edellä, paitsi aa-
mijaisen edellä lasillisen, koska se antaa minulle ruokahalua ja
ehkä yhden tai kaksi lasillista jälkeenpäin edistämään ruoan-
sulatusta. Mutta sanokaa minulle, herra West, mitä te pidätte
kenraalista."

"Minulla on tuskin ollut tilaisuutta arvostella häntä",
vastasin minä.

Mc Neil napsutti etusormellaan kynäänsä.

"Minä ajattelen hänestä", sanoi hän tuttavallisesti kuiska-
ten, "että hän epäilemättä on ihmeellinen mies. Jos kenraali
kysyisi teiltä, montako peninkulmaa on lähimpään satamaan ja
laskevatko itämaiset laivat sinne, ja jos kiertolaisia liikkuu teil-
lä, ja jos hänellä vuokralaisena on oikeus rakennuttaa korkea
muuri puiston ympärille, niin mitä te kaikesta tästä ajattelisit-
te?"

"Minä pitäisin häntä haaveksijana", vastasin minä.

"Jos hänelle tehtäisiin oikeuden mukaan, olisi hän – tar-
vitsematta maksaa ainoatakaan ropoa – pian huoneessa, jonka
puutarhan ympärillä on korkea muuri.

"Missä sitten", kysyin minä.

"Wigtownin hulluinhuoneessa", vastasi pieni mies, pyrs-
kähtäen kurkun täydeltä nauramaan. Minä ratsastin heti tie-
heni, mutta hänen naurunsa soi vielä pitkään isoakatua pitki.

Cloomber Halliin tullut uusi perhe ei ollut seuraa rakas-
tava eikä välittänyt linnan läheisyydessä asuvien köyhäin
mökkiläisten ja kalastajain auttamisesta. Se vetäytyi kaikkien
yhteydestä ja uskalsi hädintuskin pistäytyä puutarhan portin
ulkopuolella. Me huomasimme pian että asioitsija oli puhunut
totta, sillä koko joukko työmiehiä oli aamusta iltaan työssä
pystyttääkseen lankkuaidan puutarhan ympärille. Sen valmis-
tuttua oli Cloomber Halliin mahdoton päästä muitten kuin
rohkeitten hiipijäin.

Ihmeellistä myös oli että kenraali oli varustanut huoneen
runsailla ravintoaineilla, aivan kuin hän olisi ollut aikeissa kes-
tää piiritystilaa. Wigtownin etevin kauppamies oli kertonut
minulle, että hän oli lähettänyt Cloomber Halliin tavattoman
suuret määrät ilmanpitäviä purkkeja, jotka sisälsivät lihaa ja
kasviksia.

Kenraali ja hänen perheensä herättivät kaikkien naapuri-
en uteliaisuutta, ja me aprikoimme syytä, joka olisi aiheuttanut
nämä muukalaiset asettumaan meidän keskuuteen asumaan.
Ainoa mahdollinen selitys, jonka voimme keksiä, oli se että
kenraalin perheessä oli yksi ruuvi höltynyt. Yksi ja toinen luuli
vanhan herran tehneen jonkun kauhean rikoksen ja päästäk-
sensä kärsimästä sen seurauksia piilottautunut tänne.

On totta että kenraali Heatherstone meidän ensi kertaa
toisemme tavatessa käyttäytyi niin kummallisesti, että minä
helposti saatoin uskoa hänen kärsivän sielunsairautta. Mutta
kun me toisen kerran tapasimme toisemme, oli hän täydessä
järjessään ja käyttäytyi täysin mallikelpoisesti. Ja se katsanto-
tapa että hän pakenisi oikeuden kostavaa kättä ei vielä näyttä-
nyt pitävän paikkaansa. Wigtownshire oli tosin syrjäinen ja yk-

sinäinen paikka, mutta ei se kumminkaan ollut niin kaukainen maailman nurkka, että hyvin tunnettu upseeri siellä olisi voinut pysyä piilossa.

Minä olin siis halukas uskomaan että arvoituksen oikea selitys olisi etsittävä hänen omasta halustaan saada elää yksinäistä elämää ja että hän oli tullut tänne perheensä kanssa siitä syystä että hänellä oli sairaanomainen halu saada elää yksinäisyydessä ja rauhassa. Me saimme pian todistuksen siitä kuinka kauas tämä yksinäisyyteen pyrkimishalu saattoi viedä tämän perheen.

Eräänä aamuna tuli isämme meitä katsomaan ja näytti selvästi tehneen tärkeän päätöksen.

"Tänään täytyy sinun pukeutua vaaleanpunaiseen hameeseeni, Ester", sanoi hän, "ja sinun, John, täytyy panna itsesi hienoksi, sillä minä olen päättänyt että me kolme tänä iltapäivänä käymme tapaamassa rouva Heatherstonea ja kenraalia."

"Menemmekö me Cloomberiin", huudahti Ester ja taputti käsiään.

"Minä olen asettunut tänne asumaan sekä isännän edustajana että hänen sukulaisenaan", sanoi isäni arvokkaisuudella. "Näihin asianhaaroihin nähden olen vakuutettu hänen tahtonsa olevan että minä käyn tapaamassa uusia tulokkaita ja osotan heille kaikkea minun valtani mukaista kohteliaisuutta. Nykyään täytyy heidän elämänsä olla melkoisen kolkkoa ja yksinäistä. Suuri Firdusi sanoo:

"Miehen huoneen parhaimmat kaunistukset ovat hänen ystävänsä."

Sisareni ja minä tiesimme kokemuksestamme että kun ukko tahtoi vahvistaa päätöksensä lainaamalla jonkun paikan persialaisten runoilijain kirjoituksista, niin ei mikään ihmisellinen voima saattanut sitä päätöstä horjuttaa.

Iltapäivällä seisoivat vaunut oven edustalla. Isäni istui uusi takki yllä ja uudet ajokintaat kädessä ajopenkille.

"Joutukaa vaunuihin, lapset", huudahti hän ja lyödä läimähytti hevosia ruoskalla. "Me näytämme kenraalille, ettei hänellä ole mitään syytä hävetä naapureitaan."

Voi, ylpeys käy lankeemuksen edellä! Meidän pienien, hyvin ruokittujen hevosten ja loistavain ajopeliemme ei kohtalo tänä päivänä ollut suonut vaikuttavan uusiin naapureihimme. Me olimme ehtineet kalleriportille ja minä olin juuri sen avaamaisillani, kun kiinnitimme huomiomme hyvin suureen puutauluun, joka oli naulattu puuhun sillä tavalla että kaikkien tieltä kulkijain täytyi se huomata. Valkeaksi maalatulla taululla oli suurilla kirjaimilla luettavana seuraava vierasvarainen kirjoitus:

Kenraali ja rouva Heatherstone
eivät halua
tehdä uusia tuttavuuksia.

Äänettömällä hämmästyksellä me kaikki katsoa tuiotimme tähän kummalliseen ilmoitukseen. Ester ja minä, jotka katsoimme asiaa ainoastaan ivalliselta puolelta, rupesimme nauramaan. Mutta isäni lähti ajamaan kotia päin huulet lujasti vihasta yhteen puserrettuina. En koskaan ollut nähnyt tätä rehellistä miestä niin suuttuneena, ja minä olen vakuutettu siitä ettei hänen vihansa johtunut hänen oman turhamaisuutensa louk-

kaantumisesta, vaan siitä aatteesta, että hänen edustamaansa
Branksomen herraa oli loukattu.

IV Harmaapäinen nuori mies

Päivää sen jälkeen, kun olimme tehneet kurjasti päättyneen matkamme Cloomber Halliin sattui niin että minä kävin siitä ohi. Pysähdyin uudestaan lukemaan taulussa olevia ikäviä sanoja. Minä seisoin siinä juuri ihmettelemässä mikä olisikaan aiheuttanut naapurimme käyttämään semmoista keinoa, kun äkkiä huomasin portin ristikkojen välistä kauniit tytön kasvot ja valkoisen käden, joka innokkaasti viittasi minua tulemaan lähemmäksi. Likemmäksi tultuani huomasin tytön samaksi nuoreksi naiseksi, jonka ennen olin nähnyt vaunuissa.

Hän katsoi levottomana ympärilleen kaikkiin suuntiin ja kuiskasi viimein tuskallisella äänellä:

"Herra West, minä pyydän teiltä anteeksi sitä loukkausta, joka eilen kohtasi teitä ja teidän perhettä. Veljeni oli lehtikujalla ja näki kaikki, mutta ei voinut mitään tehdä. Minä vakuutan teille, herra West, että jos tuo inhottava esine on teissä herättänyt mielipahaa, on se vielä enemmän suututtanut veljeäni ja minua."

Näin sanoen osotti hän taulua.

"Britannia on vapaa maa, neiti Heatherstone", sanoin minä ja nauroin. "Jos joku haluaa elää itseensä sulkeutuneena, ei löydy ketään, joka voisi häntä sitä estää tekemästä."

"Se on sietämätöntä", sanoi hän ja polki pientä jalkaansa, "Minä oikein raivostun ajatellessani että sisarennekin sai ottaa osaa häväistykseen. Minä olen valmis vaipumaan häpeästä maahan, kun ajattelen sitä asiaa."

"Älkää hetkeäkään olko siitä asiasta huolissanne", sanoin minä vakavasti, sillä minä tunsin kärsimystä hänen tuskastaan. "Minä olen vakuutettu siitä että isänne menettelytapa perustuu johonkin salaiseen syyhyn."

"Niin, Herramme tietää että hänellä on", vastasi hän surullisella äänellä. "Mutta minun ajatukseni mukaan olisi miehekkäämpää mennä vaaraa vastaan kuin paeta sitä. Mutta hän ymmärtää kuitenkin paremmin kuin minä, miten hänen tulee menetellä, ja meidän on mahdoton antaa siitä arvosteluamme. Mutta kuka se on", huudahti hän levottomana ja katsoi lehtikäytävälle. "Ai, se on veljeni Mordaunt."

Nuori mies tuli yhä lähemmäksi ja päästyään meidän luoksemme hän sanoi:

"Mordaunt, minä olen pyytänyt herra Westiltä sekä sinun että omassa nimessäni anteeksi sitä loukkausta, jonka hän ja hänen omaisensa eilen saivat kärsiä."

"Minä olen erittäin iloinen saadessani omassa persoonassani pyytää anteeksi", sanoi Mordaunt kohteliaasti. "Tahtoisin myös osottaa paheksumiseni isällenne ja sisarellenne siitä mitä on tapahtunut. Mutta juokse nyt kotia, Gabriella, sillä on pian on toisen aamijaisen syömisaika. Älkää, herra West, vielä menkö, sillä minulla on teille muutama sana sanottavaa."

Neiti Heatherstone viittasi minulle ystävällisesti hymyillen ja poistui kevyein askelin, hänen veljensä avatessa portin ja sulkiessa sen huolellisesti, kun oli tullut tielle.

"Jos ei teillä ole mitään vastaväitteitä, niin minä seuraan teitä kappaleen matkaa. Huolitteko manillasta?"

Hän otti taskustaan pari itäindialaista sikaaria ja tarjosi niistä minulle.

"Te saatte havaita ettei se ole huono", sanoi hän. "Indiassa ollessani olen oppinut ymmärtämään tupakkaa. Onko teillä tulta? Minä toivon etten millään tavalla häiritsisi teitä, kun nyt olen yhtynyt seuraanne."

"Te ette ensinkään häiritse minua, ja minä iloitsen teidän seurasta", vastasin minä.

"Minä sanon teille salaisuuden", lausui seuralaiseni. "Minä olen tänne tultuani ensi kertaa aidan tällä puolen."

"Ja sisarenne sitten?"

"Ei hänkään ole käynyt ulkopuolella. Minä olen hiipinyt tieheni isäukolta, ja jos hän tietäisi missä minä olen, ei hän suinkaan pitäisi menettelystäni. Hän on saanut päähänsä semmoisen oikun että meidän pitäisi elää tykkänään maailmasta erotettuina. Kaikessa tapauksessa löytyy niitä monta, jotka pitäisivät hänen yksinäisyyshalunsa oikkuna. Mutta mitä minuun itseeni tulee, niin uskon että hänellä on syytä niin menetellä, vaikka hän jossakin suhteessa meneekin liian pitkälle."

"Semmoinen elämä tuntuukin varmaankin teistä kolkolta", huomautin minä. "Ettekö voi sovittaa niin että aika ajoin tulisitte hetkeksi meille pakinoimaan ja tupakoimaan? Talo, joka tuolta näkyy, on Branksome."

"Te olette erittäin ystävällinen, kun tahtoisitte nähdä minut kotonanne", vastasi hän säteilevin silmin. "Minä tahdon mielelläni silloin tällöin käydä teillä. Ottamatta lukuun vanhaa ajajaamme ja puutarhuriamme Israel Sokesia ei minulla ole ainoatakaan ihmissielua, jonka kanssa saisin puhua."

"Sisarenne luonnollisesti vielä vähemmän voi viihtyä tässä yksinäisyydessä", huomautin minä, ajatellen että uusi ystäväni koetti kuvata omat huolensa liian suuriksi ja sisarensa liian pieniksi.

"Epäilemättä on Gabrielle paran elämä sangen kolkkoa", vastasi hän huolettomuutta osottavalla äänenpainolla, "mutta vielä luonnottomampaa kuin nuoren tytön on minun ikäiseni nuoren miehen istua tällä tavalla häkkiin sulettuna. Katsokaa minua! Maaliskuussa täytän 23 vuotta enkä ole saanut käydä koulua enkä ollut yliopistossa. Minä olen yhtä tietämätön kuin talonpojan palvelija. Se tuntuu teistä varmaankin kummalliselta, mutta niin on kuitenkin laita. Enkä minä teidän mielestänne ansaitsisi parempaa kohtaloa?"

Hän pysähtyi, katsoi minuun ja kohotti kätensä ikäänkuin korkeampaan voimaan vedoten.

Kun minä kirkkaassa auringonvalossa katselin häntä näytti hän todellakin ihmeelliseltä linnulta, jonka ei sopinut istua häkissä. Pitkänä ja jäntereisenä, tummakasvoisena miehenä terävine, hienoine kasvonpiirteineen oli hän Murillon tai Velasquesin maalaaman muotokuvan näköinen. Hänen lujasti puserretut huulensa, paksut silmäkarvansa ja joustava vartalonsa todistivat hänessä piileksivistä, uinailevista neronlahjoista.

"Oppia voi saada sekä kirjoista että kokemuksesta", sanoin minä. "Jos teillä on toista laatua vähemmän lienee teillä toista enemmän. Minun on mahdoton uskoa että te olisitte viettänyt koko elämänne tyhjäntoimituksessa tai ylellisyyden huumeessa."

"Luuletteko että minä olen huvitellut itseäni", huudahti hän. "Oi, kuinka erehdytte. Tarkastakaa minua!"

Hän otti hatun päästään ja minä näin että hänen mustain hiustensa seassa oli harmaita hapsia.

"Luuletteko että tämä johtuu huvitteluissa kulutetusta elämästä", kysyi hän katkerasti nauraen.

"Te olette nuorempina vuosinanne varmaankin kokenut jotain kauheaa tai olette ollut vaarallisesti sairaana", sanoin minä, suuresti ihmetellen sitä näkymöä, joka avautui silmäini eteen. "Vai johtunevatko harmaat hiuksenne aikakaudellisesta syystä – alituisesti kalvavasta levottomuudesta? Minä olen tuntenut teidän ikäisiä miehiä, jotka myös ovat olleet harmaa-hapsisia."

"Mies raukat", mutisi hän, "minä surkuttelen heitä."

"Jos teillä joskus on tilaisuus hiipiä Branksomeen", sanoin minä, "niin ottakaa sisarenne mukaanne. Minä tiedän että isäni ja sisareni iloitsevat saadessaan tutustua häneen ja oleskelupaikan muutos – vaikkapa vaan tunniksi tai kahdeksi – tekee hänelle hyvää."

"Meidän on melkein mahdotonta olla samalla kertaa poissa", vastasi hän. "Mutta minä lupaan ottaa hänet mukaani, jos mahdollista että meillä jonakin iltapäivänä on tilaisuus tulla, sillä isäni pitää joskus päivällislepoa."

Me olimme nyt tulleet sille mutkikkaalle tielle, joka maantietä johtaa kartanonherran puutarhaan. Seuralaiseni pysähtyi.

"Minun täytyy nyt mennä kotia, muussa tapauksessa minua kaivataan", sanoi hän. "Te, West, olette erittäin ystävällinen ajatellessanne minun parastani. Minä olen teille sydämestäni kiitollinen ja niin on Gabriellakin, kun hän saa kuulla teidän kutsumuksen. Te kokoatte minun päähäni tulisia hiiliä, kun ajattelen isäni helvetillistä julkaisua."

Hän sanoi minulle "hyvästi" ja kääntyi kotimatkalle, mutta heti palasi hän juosten takaisin ja huusi minua pysähtymään.

"Minä tulin ajatelleeksi", sanoi hän, "että te varmaankin pidätte meitä sangen omituisina. Te pidätte Cloomber Hallia yksityisenä houruinhuoneena, enkä minä voi teitä siitä moittia. Jos te haluatte oppia tuntemaan meidän oloja, niin näyttää minusta epäystävälliseltä olla tyydyttämättä utelijaisuuttanne. Mutta minä olen antanut isälleni lupauksen olla vaiti. Ja vaikkapa minä kertoisinkin kaikki mitä tiedän, niin ette sittenkään ymmärtäisi asian kokonaisuutta. Minä tahdon sanoa teille ainoastaan sen verran että isäni on terveessä järjessään ja että hänellä on hyviä syitä vetäytyä piiloon maailmalta. Minä voin vielä lisätä ettei hänen halunsa viettää syrjäistä elämää johdu arvottomista ja epärehellisistä vaikuttimista vaan ainoastaan itsensäsäilytysvietistä."

"Uhkaako häntä joku vaara", huudahdin minä.

"Kyllä, hän on aina vaaran uhkaamana."

"Mutta miksi ei hän vetoa lain suojaan", kysyin minä. "Jos hän pelkää jotakin, tarvitsee hänen vaan mainita tämän nimi tehdäkseen hänet vahingottomaksi."

"Sitä vaaraa, joka isääni uhkaa, eivät voi ihmiset torjua. Ja kuitenkin se on todellinen ja mahdollisesti hyvin läheltä uhkaava."

"Ettehän aikone sanoa sitä yliluonnolliseksi", kysyin minä epäillen.

"Tuskin sitä voi siksi sanoa", vastasi hän epäilystä osottavalla äänenpainolla. "Mutta minä olen jo sanonut paljoa enemmän kuin minun sopisi sanoa ja toivon ettette käytä luottamustani väärin. Hyvästi!"

Hän juoksi tiehensä minkä jaksoi ja oli pian kadonnut näkyvistäni tienmutkaan.

Vaara, joka oli todellinen ja läheltä uhkaava, jota ei ihmisvoima kyennyt torjumaan ja jota tuskin sittenkään voi nimittää yliluonnolliseksi – kaikki tämä tuntui minusta täydelliseltä arvoitukselta!

Ennen olin ainoastaan uskonut että Cloomber Hallin asujamet olivat haaveksivaisia, mutta nyt en enää sen mukaan mitä Mordaunt Heatherstonelta olin kuullut voinut epäillä että synkkä salaisuus aiheutti heidän omituisen käytöksensä.

Jota enemmän tätä kysymystä ajattelin, sitä mahdottomammalta sen ratkaisu minusta näytti enkä voinut poistaa sitä ajatuksistani. Tuo muitten yhteydestä erotettu linna ja se vaara, joka uhkasi sen asujamia pani kaiken kuvitusvoimani liikkeelle. Koko illan ja aina myöhäiseen yöhön istuin minä lieden ääressä synkkiin mietteisiin vaipuneena ja ajatellen kaikkea sitä mitä olin kuullut.

V YSTÄVYYS- JA RAKKAUSLIITTO

Toivon etteivät lukijani pidä minua liian utelijaana, kun kerron että minä seuraavina päivinä ja viikkoina yhä enemmän kiinnitin huomioni kenraali Heatherstoneen ja siihen salaisuuteen, joka häntä ympäröitsi. Turhaan koetin ankaralla työllä kääntää ajatukseni toiselle suunnalle. Mitä tahansa teinkin, työskentelivät kuitenkin ajatukseni tuon Cloomber Hallissa asuvan salaperäisen perheen asioissa. En koskaan saattanut mennä puistoon johtavan ristikkoportin ohi pysähtymättä ja ajattelematta sitä salaisuutta, joka aukaisemattomalla teljellä oli suojeltu minun tunkeilevaisuudeltani. Mutta kaikista aprikoimisistani huolimatta en kuitenkaan voinut tehdä mitään johtopäätöstä, jota olisin voinut käyttää apunani selvittääkseni sitä salaisuutta, joka oli kätkeytyneenä linnanmuurien takana.

Kerran illalla oli sisareni tehnyt pitemmän kävelyretken. Kotiin tultuaan sanoi hän:

"John, oletko tänä iltana huomannut Cloomber Hallia?"

"En", vastasin minä ja panin kädestäni kirjan, jota olin lukenut. "En sitten kun samana muistettavana iltana, jolloin kenraali ja herra Mc Neil matkustivat sinne tutkimaan paikkaa."

"Tahdotko panna hatun päähäsi, John, ja seurata minua pienelle kävelymatkalle?"

Minä huomasin helposti, että sisareni oli tunteissaan.

"Mitä on tekeillä", kysäsin minä levottomana. "Eihän

vanha linna liene syttynyt palamaan? Sinä näytät niin vakavalta että kentiesi Wigtown on liekkien vallassa."

"Ei, niin huonosti eivät asiat ole", vastasi hän hymyillen. "Mutta tule nyt, Jack, mukaani. Minulla on jotakin sinulle näytettävää."

Minä olin aina pidättäytynyt kertomasta sisarelleni mitään huolestuttavaa, eikä hänellä siis ollut aavistustakaan siitä millä mielenkiinnolla minä olin seurannut naapureitamme. Hänen toivomustaan täyttääkseni otin hattuni ja seurasin häntä pimeään. Hän kävi minun edelläni pientä polkua, joka vei ahon poikki ja pian me tulimme ylänteelle, josta näimme linnan. Sitä eivät enää varjostaneet sen ympärille istutetut hongat.

"Näetkö", kysyi sisareni ja pysähtyi.

Cloomber oli mäen alapuolella räikeästi valaistuna. Alakerroksessa näkyi tulitus ikkunaluukkujen raoista, mutta kaikkien ylempien kerrosten ikkunoista aina torninhuippuun asti loisti räikeä valo, joka oli niin huikaiseva että minä alussa luulin huoneen palavan. Mutta sitten huomasin loistavan tulituksen syntyvän siitä että lamppuja oli järjestelmällisesti sijoitettu joka paikkaan yltäympäri koko rakennuksen.

Tuntui omituiselta ajatella että useimmat näistä räikeästi valaistuista huoneista olivat kalustamattomia. Emme nähneet suuressa rakennuksessa ainoatakaan ihmisolentoa – ainoastaan kirkkaan, kellervän valon, joka virtasi ikkunoista. Minä seisoin syvämietteisenä katsellen näkymöä, kun kuulin nyyhkytystä vierestäni.

"Mikä sinua vaivaa rakas Ester", sanoin minä ja käännyin sisareeni.

"Minä tunnen niin kauheasti pelkääväni. Oi, John, John, auta minua kotia! Minä pelkään."

Hän nojasi raskaasti käsivarteeni ja minä huomasin että hän oli menehtymäisillään pelosta.

"Eihän täällä ole mitään pelkäämistä", sanoin minä rauhoittavalla äänenpainolla. "Ei sinulla ole mitään pelättävää. Mikä sinua on niin säikäyttänyt?"

"Minä pelkään heitä, John. Minä pelkään Heatherstoneja. Miksi he joka ilta valaisevat huoneensa tällä tavalla? Olen kuullut useimmilta henkilöiltä että he aina niin tekevät. Ja miksi tuo vanha mies juoksee kuin säikähtänyt jänis niin pian kuin joku lähestyy häntä? Tässä menetystavassa on jotain kolkkoa, joka peloittaa minua."

Minä koetin tyynnyttää häntä minkä osasin ja saatoin hänet kotia sekä annoin hänelle virkistävää juomaa ennen kuin hän meni levolle. Pelosta että kiihottaisin häntä vältin puhumista Heatherstoneista, eikä hän itsestään puuttunut tähän keskusteluaineeseen. Kuulemastani tein sen johtopäätöksen että hän jonkun ajan jo itsekseen oli pitänyt naapureitamme silmällä ja että hänen hermonsa siten olivat heikontuneet. Minä ymmärsin ettei linnan valaistus ollut ainoa syy miksi hänen mielensä oli niin kuohuksissa. Nyt minä tiedän että olin oikeassa ja että sisarellani oli vielä suurempi syy kuin minulla luulla että jotakin erinomaista oli tekeillä Cloomber Hallissa.

Huomiomme kiintyi ensin kenraaliin ja hänen perheeseensä utelijaisuudesta mutta pian sattui tapauksia, jotka saattoivat meidät lähemmin tutustumaan muukalaisten vaiheisiin.

Mordaunt oli käyttänyt hyväkseen minun kutsumustani

tulla herran taloon ja toi kauniin sisarensa usein mukanaan. Me neljä nuorta teimme pitkiä vaellusretkiä aholle, ja kun ilma oli kaunis, purjehdimme merelle. Semmoisissa tilaisuuksissa olivat veli ja sisar yhtä iloisia ja vallattomia kuin kaksi lasta. Heistä oli suurta huvitusta päästä ulos tuosta kolkosta vankilasta ja nähdä ystävällisiä ja osanottoisia kasvoja ympärillään.

Tapahtui niinkuin usein tapahtuu nuorten seurustellessa. Tuttavuus muuttui ystävyydeksi ja ystävyys rakkaudeksi. Gabriella istuu nyt sivullani tätä kirjoittaessani, ja hän on yksimielinen minun kanssani siinä suhteessa että niin rakkaalta kun tämä aine meistä itsestämme tuntuukin, niin on sen luonne kuitenkin liian persoonallista laatua voidakseen kiinnittää muitten huomiota.

Riittää siis kun sanon että Mordaunt Heatherstone muutamia viikkoja meidän ensi yhtymisen jälkeen oli voittanut rakkaan sisareni sydämen ja että Gabriella oli antanut minulle sen uskollisuuslupauksen, jota ei edes kuolema pysty rikkomaan.

Minä olen ainoastaan lyhyesti viitannut siihen siteeseen, joka yhdisti molemmat perheet, sillä kenraali Heatherstone näyttelee kertomukseni pääosaa. On siis kylläksi kun mainitsen että veli ja sisar kihlauksemme jälkeen useammin kuin ennen tulivat Branksomeen ja että he toisinaan saivat viettää meillä koko päiväm, kun asiat vaativat kenraalin matkustamaan Wigtowniin tai kun luuvalo pidätti hänet huoneessa. Isämme jakoi meidän ilomme, sillä ei meillä ollut mitään salattavaa häneltä, ja hän piti kenraalit lapset jo ominaan.

Toisinaan oli Mordauntin ja Garbiellan mahdoton isänsä levottoman luonteen tähden päästä pois linnasta. Vanhus seisoi toisinaan itse vartijana ristikkoportilla tai käveli edestakaisin ristikäytävällä, ikäänkuin olisi pelännyt jonkun asiaan kuulumattoman henkilön tahtovan tunkeutua puistoon. Kun minä joskus iltaisin menin Cloomber Hallin ohi, näin kenraalin pitkän vartalon lehtikujassa tai huomasin hänen kylmän katseensa, joka sattui minuun, kun hän oli asettunut vartiomaan ristikkoportille. Semmoisissa tilaisuuksissa surkuttelin minä häntä kaikesta sydämestäni. Kukapa olisi uskonut että tämä säikähtänyt olento kerran oli ollut urhokas upseeri, joka oli taistellut maansa puolesta ja saanut voiton? Vanhan miehen valppaudesta huolimatta saimme me kuitenkin usein tavata hänen lapsensa. Heti linnan takana oli paikka, jossa aita oli niin huolettomasti tehtyä että siitä vaikeudetta saattoi poistaa siitä kaksi lautaa ja siten syntyi leveä aukko. Täten saimme me tilaisuuden pitää monta salaista kokousta, jotka luonnollisesti olivat hyvin lyhyitä, koska kenraali oli liian tuskallinen voidakseen pysyä pitemmän aikaa samalla paikalla. Kuinka elävänä onkaan yksi näistä salaisista kokouksista muistissani! Minä muistan että kun kävin ruohoston poikki, oli se märkää, sillä aamulla oli satanut. Gabriella odotti minua ihan aidan ulkopuolella orapihlajan vieressä. Siinä seisoimme käsi kädessä katsellen ahoa ja aaltoilevaa merta. Kaukana luoteessa välkkyi aurinko Throstonin korkealla huipulla. Seisomapaikaltamme saatoimme nähdä matkalla Belfastiin olevien höyrylaivojen savun.

"Eikö tämä ole ihanaa", huudahti Gabriella, tarttuen molemmin käsin minun käsivarteeni. "Oi, John, kunpa voisimme näitten aaltojen harjalla purjehtia pois ja jättää kaikki surumme rannalle!"

"Mitkä ovat ne surut, joista tahtoisit päästä", kysyin

minä. "Etkö tahtoisi mainita minulle niitä, että voisin auttaa sinua niitä kantamaan?"

"Minulla ei ole sinulta mitään salattavaa, John", vastasi hän. "Niinkuin hyvin tiedät on isämme kummallinen käytös meidän suurimpana huolena. Eikö meistä kaikista tuntuisi ikävältä että mies, joka on näyttänyt niin mainiota osaa maailmassa, hiipii kaukaisesta loukosta toiseen ja että hän tahtoo suojella itseään teljillä, lukoilla ja korkeilla aidoilla, ikäänkuin hän olisi tavallinen varas, joka tahtoo paeta lain kättä? Tämä on meidän huolenamme, John, emmekä me voi poistaa isämme levottomuutta."

"Mistä syystä on hän levoton", kysyin minä.

"Sitä minä en tiedä sanoa", vastasi hän vilpittömästi. "Minä tiedän vaan sen verran että hän luulee hengenvaaran uhkaavan häntä, ja että tämä vaara syntyi hänen ollessaan Indiassa. Mutta minä ymmärsin myös ettei se ole mikään luuloteltu vaara."

"Veljesi tietää salaisuuden", huomautin minä. "Minä tulin siihen johtopäätökseen, kun joku aika sitten puhuin hänen kanssaan siitä asiasta. Ja minä ymmärsin myös ettei se ole mikään luuloteltu vaara."

"Kyllä hän tietää kaikki samoin kuin äitinikin, mutta he ovat aina pitäneet tietonsa minulta salassa", vastasi hän. "Isäparkani on nykyään levottomampi kuin tavallisesti. Yöt päivät hän vapisee ja pelkää. Mutta nyt tulee pian lokakuun viides päivä, ja sen jälkeen hän taas muuttuu tyynnemmäksi."

"Kuinka sen tiedät", kysyin minä hämmästyneenä.

"Kokemuksesta", vastasi hän vakavasti. "Lokakuun viidentenä päivänä on hänen levottomuutensa aina noussut korkeimmilleen. Monena vuonna on hänellä tänä päivänä ollut tapana telkeä Mordaunt ja minut huoneisiimme ettemme näkisi mitä mahdollisesti tapahtuisi. Mutta me olemme aina huomanneet että hän sen jälkeen on tullut paljoa tyynemmäksi ja elänyt verrattain rauhallisesti, kunnes taas olemme lähestyneet lokakuun viidettä päivää.

Syyskuu oli loppumaisillaan ja minä huomautin:

"Kymmenen päivän kuluttua on lokakuun viides päivä, eikä teillä siis ole pitkää aikaa odotettavana. Mutta sano minulle rakkain ystävä, miksi te öisin pidätte koko talon valaistuna?"

"Vai olet sinä sen huomannut", vastasi hän. "Se tulee isäni pelosta. Hän ei kärsi ainoatakaan pimeää loukkoa huoneessaan. Melkoisen osan yötä kuleskelee hän ympäri ja tarkastaa huoneet ylisiltä kellariin asti. Suuria lamppuja palaa kaikissa huoneissa ja käytävissä ja palvelijain on käsketty ne sytyttää hämärän tullessa."

"Minua kummastuttaa että saatte pitää palvelusväkenne", sanoin minä nauraen. "Tämän seudun palvelustytöt ovat hyvin taikauskoisia, ja heidän mielikuvituksensa joutuu helposti kiihoitustilaan kaikesta, jota eivät he voi ymmärtää."

"Keittäjätär ja molemmat palvelijattaret ovat Lontoosta ja ovat tottuneet meidän omituisuuksiin. Me maksamme heille hyvin isot palkat. Ajaja Israel Stakes on ainoa, joka on syntynyt tällä maanpaikalla ja hän näyttää olevan yksinkertainen mutta rehellinen mies, jota ei suinkaan nuun helposti peloteta."

"Pieni tyttöparka", puhkesin minä sanomaan katsellessani vieressäni seisovaa hienoa ja miellyttävän näköistä olentoa.

"Tämä koti ei sovellu sinulle. Miksi et salli minun viedä sinua pois? Miksi et salli minun kursailematta mennä kenraalin puheille ja pyytää sinun kättäsi? Eipä hän voi tehdä meille pahempaa kuin kieltää."

Gabriella kalpeni ja vapisi, kun minä tein ehdotukseni.

"Minä rukoilen sinua Jumalan tähden, John, menemästä hänen puheilleen", sanoi hän syvällisellä vakavuudella. "Hän matkustaisi meidän kanssa vaan semmoiseen paikkaan, jossa voisi olla turvassa sinulta, ja viikon kuluttua olisimme me asumassa erämaassa, jossa et koskaan näkisi etkä kuulisi meitä. Sitä paitsi ei hän koskaan antaisi meille anteeksi sitä tekoa että olimme uskaltaneet poistua puistosta."

"Minä en usko häntä kovasydämiseksi mieheksi", huomautin minä. "Hänellä on ankarat kasvot, mutta minä olen kuitenkin huomannut ystävyyden ilmeitä hänen silmissään."

"Toisinaan on hän niin hyvä kuin parhaimmat isät ainakin", vastasi hän. Mutta hän on hirmuinen, kun häntä vastustetaan tai jollakin tavalla koetetaan häntä estää. Sinä et koskaan ole nähnyt häntä siinä tilassa, ja minä toivon ettet joutuisi näkemäänkään. Hänen tahdonvoimansa ja yksipäisyytensä tekivät hänestä kelpo upseerin. Minä vakuutan sinulle että häntä pidettiin suuressa arvossa Indiassa. Sotamiehet pelkäsivät häntä, mutta he olisivat seuranneet häntä mihin tahansa."

"Oliko hänellä jo silloinkin heikkohermoisuuden kohtauksia?"

"Toisinaan, mutta ei niin ankaria kuin nyt. Näyttää siltä kuin vaara – mitä laatua se sitten lieneekin – tulisi yhä uhkaavammaksi, jota enemmän aika kuluu. On kauheaa, John, kun miekka riippuu pääni päällä, ja vielä paljoa kauheampaa minulle, koska en voi aavistaakaan miltä taholta onnettomuus tulee."

"Rakas Gabriella", sanoin minä, tarttuen hänen käteensä ja vetäen hänet lähelleni, "katso tätä kaunista maisemaa ja tuota laajaa sinervää merta. Eikö kaikki ole rauhaisaa ja kaunista? Näissä punakattoisissa ja yksinkertaisissa hökkeleissä asuu jumalisia ihmisiä, jotka tekevät ahkerasti työtä eivätkä vihaa ainoatakaan olentoa. Seitsemän peninkulman päässä on iso kaupunki, jolla on käytettävinään kaikki sivistyskansain lainvalvontakeinot. Kymmenen peninkulman päässä tästä on rykmentti sotaväkeä linnaleirissä ja sähkösanoman lähettämällä voi saada apua kokonaiselta sotilaskomppaniialta. Nyt minä kysyn sinulta, luuletko todellakin jonkun vaaran uhkaavan teitä tässä syrjäisessä paikassa, kun meillä on niin pikaista apua saatavissa. Sinähän uskot ettei tällä vaaralla ole mitään tekemistä isäsi terveydentilaan nähden?"

"Minä olen ihan varma siitä. On totta että tohtori Easterling Stranraerista kävi pari kertaa hänen luonaan, mutta hän oli ainoastaan vilustunut. Minä voin vakuuttaa sinulle ettei vaara tule siitä suunnasta."

"Siinä tapauksessa voin minä vakuuttaa sinulle että vaara on ainoastaan kuviteltua", sanoin minä nauraen. "Häntä vaivaa merkillinen yksinäisyysraivo tai kiusaavat häntä harhanäyt."

"Onko isäni yksinäisyysraivo voinut aiheuttaa veljeni harmaat hiukset ja äitini surkastuneen olennon?"

"Epäilemättä", vastasin minä. "Kenraalin levottomuus ja ärtyisyys, joka tietysti on jatkunut pitkiä aikoja, on voinut tehdä tämän vaikutuksen heidän tunteekkaisiin luonteisiinsa."

"Ei, ei", vastasi hän surullisesti ja pudisti päätänsä. "Minullakin on ollut syytä olla huolissani hänen levottomuudestaan ja ärtyisyydestään, mutta ne eivät ole tehneet minuun samaa vaikutusta. Erotuksen meidän välillä tekee se tosiasia että he tietävät tuon kauhean salaisuuden ja minä olen tietämätön siitä."

"Perhekummituksia ei meidän aikaan enää ole. Ne kuuluvat menneisyyteen. Henkiolennot eivät ketään vainoa. Me voimme siis sen asian kokonaan syrjäyttää. Kun sen olemme tehneet, niin mitä sitten on jälellä? Usko minua, koko salaisuus on siinä että Indian kuumuus on koskenut hänen aivoihinsa."

En tiedä mitä Gabriella aikoi vastata, sillä samassa silmänräpäyksessä säpsähti hän ikäänkuin olisi kuullut jonkun epäilyttävän äänen. Kun hän hämmästyneenä katsoi ympärillensä, huomasin minä että hänen kasvonsa kalpenivat ja että hänen silmänsä suurenivat kauhistuksesta.

Minä seurasin hänen katseensa suuntaa ja tunsin äkkinäisen vavistuksen, kun huomasin kasvot, jotka pistäytyivät esiin puun takaa ja katsoivat meihin – kasvot, jotka olivat vihasta ja suuttumuksesta kierossa, niin pian kuin mies, joka oli kasvojen omistaja, havaitsi että hänet oli huomattu, tuli meitä vastaan. Silloin näin että mies oli itse kenraali. Hänen partansa nousi raivosta ja hänen syvälle painuneet silmänsä loistivat raskasten silmälautain alta pirullisella välkkeellä.

VI Miten minä tulin kuulumaan Cloomberin varusväkeen

"Mene huoneeseesi, tyttö", huudahti kenraali käheällä ja kovalla äänellä.

Hän astui meidän väliin ja osotti käskeväisenä linnaa. Hän seisoi liikkumattomana, kunnes Gabriella poistui aidan sisäpuolelle, heitettyään ensin minuun kauhistuksen silmäyksen. Sitten kääntyi hän minuun niin raivoisan näköisenä että minä astuin pari askelta taaksepäin ja tartuin lujasti tammisauvaani.

" Te – – – te – – –."

Hän kosketti kädellään kurkkuunsa ja sylkäsi, ikäänkuin olisi ollut tukehtumaisillaan raivoonsa. Sitten hän jatkoi:

"Te olette uskaltanut tunkeutua minun yksityiselle alueelleni. Luuletteko että tämä aita pystytettiin tähän siinä tarkoituksessa että kaikki maan heittiöt kokoontuisivat tänne! Te olette ollut hyvin likellä kuolemaa, herraseni. Ette tule koskaan sitä niin likelle kuin elämänne lopussa. Katsokaa tätä!"

Hän veti esiin pienen pistoolin povitaskustaan.

"Jos te", jatkoi hän, "olisitte mennyt tästä aukosta sisälle ja laskenut jalkanne minun alueelleni, ette koskaan enää olisi saanut nähdä päivän valkeutta. Minä en tahdo olla missään roistojen yhteydessä. Minä tiedän miten semmoisia heittiöitä on kohdeltava, olkoot he sitten mustia tai valkeita."

"Minä en tarkoittanut tänne tulollani mitään pahaa ja tiedän etten ole ansainnut semmoista vihanpurkausta teiltä. Sallikaa minun huomauttaa että te vielä pidätte pistoolianne minuun tähdättynä, ja koska kätenne vapisee, on hyvin mahdollista että pistooli laukeaa. Jos ette käännä torvensuuta alaspäin, niin täytyy minun itsepuolustukseksi lyödä teitä käsiranteelle sauvallani."

"Miksi kaikkien perkeleitten nimessä te sitten olette tänne tullut", kysyi hän tyynemmällä äänellä ja pisti aseen taskuunsa. "Eikö herrasmies saa täällä elää rauhassa ja levossa teidän tarvitsematta käydä ympäri taloa nuuskimassa? Oletteko oman etunne tähden tänne tullut? Ja miten te olette tullut tuntemaan minun tyttäreni ja mitä olette koettaneet häneltä tiedustella? Ettehän te tullut tänne tilapäisesti."

"En", vastasin minä rohkeasti, "minä en ole tilapäisesti tänne tullut. Minä olen useampia kertoja tavannut tyttärenne ja ymmärrän pitää hänen oivallista luonnetta arvossa. Me olemme menneet kihloihin, ja minä olen tullut tänne siinä varmassa päätöksessä että saisin tavata hänet."

Olin odottanut että kenraali joutuisi äärimmäiseen raivoonsa, mutta sen sijaan päästi hän pitkäveteisen vihellyksen ja nojautui sitten naurahdellen aitaan.

"Englantilaiset mäyräkoirat leikkivät mielellään tarhakäärmeitten kanssa", huomautti hän lopuksi. "Kun me olimme ottaneet muutamia semmoisia koiria matkaamme koiria mukaamme Indiaan, juoksentelivat ne ympäri ruoikossa ja rupesivat vaanimaan, kun näkivät eläimen, jonka luulivat tarhakäärmeeksi. Mutta se olikin myrkyllinen käärme, ja koiraraukat saivat rangaistuksensa tyhmänrohkeasta menettelystään.

Minä uskon että te joudutte samaan pulaan, jos ette ole varoillanne."

"Mutta eihän tarkoituksenne ole valehdella omasta tyttärestänne", puhkesin minä puhumaan suuttumuksesta punastuen.

"Gabriella on kunnon tyttö", vastasi huolettomasti. "Mutta tahdon teille sanoa etten suosita ketään nuorta miestä avioliiton siteellä yhdistymään minun perheeseeni. Minä pyydän teitä kuitenkin minulle sanomaan, mistä se tuli ettei minulle ole mitään puhuttu siitä asiasta, joka on teidän välillä tapahtunut."

"Minä pelkäsin että te erottaisitte meidät, sillä minä ymmärsin että olisi viisainta olla täysin rehellinen. On mahdollista että me erehdyimme. Mutta ennen kuin teette ratkaisevaa päätöstä pyydän huomauttaa teille että hänen ja minun onneni ovat vaarassa. Teidän vallassanne on erottaa meidät toisistamme, mutta mieltämme ja rakkauttamme ette koskaan voi muuttaa."

"Ette tiedä mitä te pyydätte", sanoi kenraali suopeammalla äänellä kuin hän ennen oli puhunut. "Ei yksikään ihminen voi rakentaa siltaa sen kuilun yli, joka erottaa teidät minun perheestäni."

Kaikki vihan merkit olivat hänestä nyt kadonneet, ja koko hänen käytöstapansa osotti pilkallista iloisuutta.

Minun perheylpeyteni nousi näitten sanojen vaikutuksesta.

"Kuilu ei lienekään niin suuri kuin te luulitte", vastasin minä kylmästi. "Minä en ole mikään pölkkypää, vaikka asunkin syrjäisessä paikassa. Minä olen jaloa syntyperää, ja äitini oli

Buchan Buchanin suvusta. Minä vakuutan teille ettei arvoero-
tus meidän välillä olekaan niin tavattoman suuri."

"Te ymmärrätte minua väärin", vastasi kenraali. "Teille
itsellenne olisi sopimatonta naida hänet. Löytyy syitä, joitten
perusteella on välttämätöntä että tyttäreni elää ja kuolee nai-
mattomana. Te ette toimisi oman etunne mukaisesti, jos ottai-
sitte hänet vaimoksenne."

"Minä osaan itse parhaiten arvostella omia asioitani ja
etujani. Kun te ensin olette esittänyt syynne, olen minä tyynel-
lä mielellä tulevaisuuteeni nähden, sillä minä vakuutan teille
että suurin toivomukseni tässä maailmassa on naida se tyttö,
jolle olen antanut rakkauteni. Jos tämä minun eduistani epäi-
leminen on ainoa vastaväitteenne, jonka voitte tehdä meidän
yhdistystä vastaan, niin täytyy teidän lopuksi kumminkin an-
taa suostumuksenne, sillä se vaara, johon minä hänet naimalla
voin joutua, merkitsee vähän elämänonneeni verrattuna."

"On helppoa uhitella vaaraa niin kauan kun ei tiedä mitä
laatua se on", vastasi vanha sotilas ja hymyili minun innostuk-
selleni.

"Mitä laatua vaara siis on", kysäsin minä ankarana. "Ei
mikään maallinen vaara voi erottaa minua Gabriellasta. Salli-
kaa minun tietää kaikki ja pankaa minut sitten vasta koetuksel-
le."

"En, en, se ei voi tapahtua."

Hän huokasi ja sanoi sitten miettivästi ikäänkuin itsek-
seen:

"Poika rohkea ja näyttää kunnolliselta. Me voimme ehkä
käyttää häntä."

Hän katsoa tuiotti eteensä, mutisten sanoja, joita en voinut ymmärtää. Hän näytti kokonaan unohtaneen minun paikalla oloni.

"Kuulkaa, West", sanoi hän viimein. "Te saatte antaa anteeksi sen ankaruuden, jota minä hetkinen sitten osotin teille. Jo toisen kerran pyydän minä teiltä anteeksi samaa virhettä. Se ei enää saa tapahtua. Epäilemättä näytän minä jotakuinkin kummalliselta halutessani elää maailmasta erotettuna mutta tämä haluni perustuu tosisyihin. Minä pelkään että tähän linnaan joskus tehdään hyökkäys. Jos niin tapahtuu, saanenko odottaa teiltä apua?"

"Te saatte turvallisesti luottaa minuun."

"Jos te joskus saatte minulta kutsun, jos ainoastaan kirjoitan sanat "Tulkaa" tai "Cloomber", niin te ymmärrätte että minä vetoan apuunne. Ja tulette viipymättä vaikka sydänyöllä?"

"Sen minä teen ihan varmaan", vastasin minä ja lisäsin: "Mitä laatua on se vaara, jota te pelkäätte?"

"Ette voita mitään sen tietämisellä. Ette edes ymmärtäisi sitä, jos minä sanoisin teille kaikki. Minä sanon nyt hyvästi, sillä olen liian kauan viipynyt teidän seurassa. Muistakaa että minä pidän teidät Cloomberin ratsuväkeen kuuluvana."

Kun hän oli poistumaisillaan, huomautin minä äkkiä:

"Minä toivon ettette suutu tyttärellenne siitä mitä minä olen teille kertonut. Minun tähteni hän vitkasteli puhumasta teille kaikkia."

"Minä en ole perheeni keskuudessa semmoinen peto kuin te näytätte luulevan", sanoi hän kylmästi, hymyillen omalla käsittämättömällä tavallaan. "Mitä avioliittoehdotukseen tulee, tahdon ystävänä kehottaa teitä jättämään se sikseen.

Mutta kaikessa tapauksessa vaadin että te nykyään jätätte sen kokonaan syrjään. On mahdoton sanoa minkä odottamattoman käänteen kohtalomme voi saada."

Hän meni puistoon ja oli pian kadonnut puitten väliin.

Siten päättyi se merkillinen kokous, jonka alussa vieras mies oli ojentanut pistoolin minun rintaani vastaan, mutta lopuksi kuitenkin tunnustanut mahdolliseksi että minusta sittenkin voisi tulla hänen vävynsä.

Tuskin tiesin mitä olisin ajatellut. Luultavaa oli että hän tarkasti valvoisi tytärtään estääkseen meitä tapaamasta toisiamme. Mutta kun minä viimein ajatuksiini vaipuneena lähdin kotimatkalle, tulin siihen vakuutukseen että minun ja kenraalin yhtyminen pikemmin oli meille edullista kuin päinvastoin.

Mutta mitähän minun tulisi ajatella tästä vaarasta, joka tuntui niin olemattomalla ja näytti esiintyvän kaikkialla? Kuinka tahansa aivojani vaivasinkin, en voinut saada selville kenraalin omituisen käytöksen syytä. Yksi tosiseikka löytyi, jolla minusta näytti olevan merkityksensä. Sekä isä että poika olivat eri tilaisuuksissa vakuuttaneet minulle etten minä ymmärtäisi heitä, vaikka he puhuisivat minulle kaikki. Miten ihmeellinen ja eriskummallinen täytyykään sen vaaran olla, jota tuskin voidaan ymmärrettävällä kielellä ilmaista!

Minä kohotin käteni yön pimeydessä ennen kuin tänä iltana menin levolle, ja vannoin ettei yksikään ihminen eikä perkele voisi heikontaa minun rakkauttani siihen tyttöön, jonka viattoman sydämen oli onnistunut voittamaan.

VII KORPRAALI RUFUS SMITHISTÄ JA HÄNEN TULOSTAAN CLOOMBERIIN

Minä koetan esittää kertomukseni niin yksinkertaisin sanoin kuin mahdollista enkä korista sitä räikeillä väreillä, sillä minä vihaan kaikkia innostuspyyteitä. Tähän aikaan kohdistuivat kaikki minun ajatukseni Cloomberin murhetapauksiin eivätkä jokapäiväiset toimeni ensinkään minua viehättäneet. Jos kävin pellolla tai aholla, näin Cloomberin valkean, nelinurkkaisen tornin kohoutuvan puitten takaa. Ja samassa tornin kaunistamassa talossa asui onneton perhe, joka valvoi ja odotti – mitä? Tämä kysymys piti kaikki ajatukseni ripeässä toiminnassa vielä sitä enemmän siitä syystä, että se nainen, jota minä rakastin tuhat kertaa enemmän kuin omaa henkeäni, oli tähän vaaraan kietoutuneena. Ja ennen kuin voisin arvoituksen selittää, en voinut ajatella mitään muuta.

Isäni oli saanut talonomistajalta Neapelissa päivätyn kirjeen, jossa tämä ilmoitti ilmanalan muutoksen vaikutuksesta voivansa paljoa paremmin ja ettei hän pitkään aikaan ajatellut palata Skotlantiin. Tämä tieto tyydytti meitä kaikkia, sillä isäni oli huomannut voivansa hyvästi harjoittaa opinnoitaan Branksomessa, joka sijaitsi kaukana suurkaupungin melusta ja levottomuudesta. Sisarellani ja minulla oli vielä enemmän syytä olla tyytyväisiä maalaiskotiimme. Huolimatta kenraalin kanssa pitämästäni kokouksesta – tai paremmin sanoakseni

sen kokouksen perusteella – oli minulla syytä kahdesti päiväs-
sä käydä Cloomberissa, saadakseni selville että kaikki oli
asianmukaisessa kunnossa. Kenraali oli alussa raivostunut mi-
nun sinne tunkeutumisestani, mutta antoi minulle lopuksi
puolinaisen luottamuksensa, vieläpä pyysi minulta apuakin.
Minä tunsin siis olevani häneen ihan toisessa suhteessa kuin
ennen ja toivoin ettei hän enää äkämystyisi minut nähdessään.

Minä tapasin hänet todellakin muutamaa päivää myö-
hemmin. Hän käyskenteli aidan ulkopuolella ja esiintyi minul-
le kohtelijaana, vaikka ei hän sanallakaan viitannut edelliseen
keskusteluumme. Hän näytti olevan heikkohermoisessa tilas-
sa, sillä hän säpsähti kerran toisensa jälkeen ja katsoi arasti ym-
pärilleen. Minä toivoin että hänen tyttärensä oli oikeassa sano-
essaan että lokakuun viides päivä oli kenraalin käännekohta,
sillä kun katsoin hänen vapisevia käsiään ja levottomia silmi-
ään, ymmärsin että ihmisen on mahdoton semmoisessa tilassa
kauemmin elää. Kun minä tutkin aitaa, huomasin että irtonai-
set laudat oli jälleen naulattu paikoilleen ja vaikka koettelin
koko aidan pitkin pituuttaan, oli minun mahdoton enää löytää
irtonaisia lautoja, joita olisin voinut nykästä paikaltaan.

Useammin paikoin huomasin rakoja, joista näin linnan
häämöttävän, ja kerran näin kehnoissa vaatteissa olevan keski-
ikäisen miehen, joka seisoi ikkunan edustalla. Minä otaksuin
että mies oli ajaja Israel Stakes.

Minä en nähnyt Gabriellaa enkä Mordauntia ja heidän
poissaolonsa huolestutti minua. Minä olin vakuutettu siitä, et-
tä he tavalla tai toisella olisivat antaneet minulle jonkun tiedon,
jos vaan olisivat kyenneet sen tekemään! Pelkoni yltyi kun päi-

vä vieri toisensa jälkeen minun saamatta nähdä heitä tai kuulla heistä mitään.

Eräänä aamuna olin matkalla linnaan saadakseni kuulla uutisia Gabriellasta. Silloin huomasin äkkiä miehen istumassa kivellä tien vieressä. Lähemmäksi tultuani näin että hän oli vieras ja hänen pölyisistä vaatteistaan ja väsyneestä ulkomuodostaan saatoin päättää että hänellä oli ollut pitkä matka kuletettavana. Hänellä oli iso leivänkappale polvellaan ja hän näytti juuri päättäneen aamijaisensa, sillä minut huomatessaan harjasi hän murut vaatteistaan ja nousi seisomaan.

Kun minä huomasin hänen tavattoman pituutensa ja näin hänellä aseen kädessä, pysyin tien toisella puolella, sillä minä tiesin että köyhyys synnyttää epätoivoa, ja että liivilläni välkkyvät kellonkahleet herättäisivät maankiertäjässä suurta kiusausta. Pelkoni toteutui kun hän astui keskelle tietä ja esti minut käymästä edemmäksi.

"Mitä minä voin tehdä teille, ystäväni", sanoin minä huolettomalla äänenpainolla, sillä en tahtonut näyttää häntä pelkääväni.

Miehen kasvot olivat mahonginkarvaiset ja ilmoittuneet ja niissä oli syvä arpi, joka ulottui suupielestä korvaan asti eikä suinkaan kaunistanut hänen kasvonpiirteitään. Tukka oli harmaankirjava, mutta vartalo vielä suora ja joustava, ja nahkatakki, joka oli kallellaan toisella korvalla, antoi hänelle veitikkamaisen, puoleksi sotilaallisen ulkonäön. Hän näytti kokonaisuudessaan vaaralliselta veijarilta.

Sen sijaan että olisi vastannut kysymykseeni, tarkasti hän minua hetkisen sapenkarvaisilla silmillään ja painoi paukahduksella linkkuveitsensä kiinni.

"Tehän olette pahanpäiväinen maitoleuka, eikä minun tarvitse siis teitä pelätä", sanoi hän. "Paisleyssä pistettiin minut putkaan ja samoin tehtiin Wigtownissa, mutta jos joku tästä lähtien kajoaa minuun käpälällään, niin saa hän syytä muistaa korpraali Rufus Smithiä! Skotlanti on todellakin kaunis maa, jossa ei rehellinen mies saa pyytää työtä hätyyttämättä."

"Minusta tuntuu ikävältä nähdä vanha sotilas niin kurjissa olosuhteissa. Missä rykmentissä te silloin palvelitte?"

"Minä palvelin tykistössä. Hiisi vieköön! Nyt olen kohta kuudenkymmenen ja saan ainoastaan kurjan eläkkeeni, joka nousee 38 puntaan vuodessa – eivätkä nämä rahat riitä edes olueeseen ja tupakkaan."

"Minusta tuntuu siltä että niinkin suuri summa on hyvä apu vanhuuden päivinä."

"Vai niinkö todellakin luulette", sanoi hän ilvenaurulla ja asetti päivän polttamat kasvonsa hyvin likelle minun kasvojani. "Kuinka paljoksi arvioitte minun arpeni? Ja miksi arvioitte maksan, joka on muuttunut sieneksi ja vilutaudin, joka tulee itätuulesta? Voiko tuo mitätön summa korvata kaikki nämä viat?"

"Tässä maanpaikassa asuu yksinomaan köyhää kansaa", vastasin minä. "Jos te asetutte tänne asumaan niin pidetään teitä rikkaana."

"Tällä paikalla ollaan köyhiä ja heillä on köyhäin tavat", sanoi hän, vetäen taskustaan mustan piipun, jota hän rupesi täyttämään tupakalla. "Minä tiedän kuinka eletään, ja jos minulla on ropo taskussani, niin tahdon käyttää sen oikealla tavalla. Minä olen taistellut maani puolesta, mutta maani on tehnyt kirotun vähän minun hyväkseni. Minulla on halu mennä venäläisten puolelle. Minä osaan näyttää heille tien Himalajan poikki paikassa, jossa eivät afghanilaiset eivätkä brittiläiset voi estää heitä. Mitä luulisitte Venäjän keisarin antavan minulle salaisuudestani?"

"Vanhan sotilaan ei sovi leikilläkään semmoista puhua. Minä häpeän teidän puolestanne", sanoin minä ankaralla äänenpainolla.

"Leikilläkö", huudahti hän kiroten. "Olisin tehnyt se jo useampia vuosia sitten, jos tilaisuus olisi ollut tarjona. Skobeleff oli paras koko joukosta, mutta nyt on häntä mahdoton lähestyä. Mutta tuota kaikkea ei meidän nyt tarvitse juuria. Ainoa asia, jota teiltä tahdon kysyä, on tämä: Oletteko koskaan kuullut puhuttavan miehestä, jonka nimi on Heatherstone? Hän oli erään Bengaalin rykmentin ylipäällikkönä. Minulle kerrottiin Wigtownissa että hän asuisi täällä puolessa."

"Hän asuu tuolla talossa sanoin minä ja osotin Cloomberin valkoista tornia. Kun käytte kappaleen matkaa tietä, tulette pian käytävälle. Mutta minä tahdon huomauttaa teille ettei kenraali mielellään ota vastaan vieraita."

Viimeinen osa puhettani meni korpraali Rufus Smithiltä hukkaan, sillä samassa silmänräpäyksessä kun minä mainitsin ajoportin lähti hän hurjaa vauhtia tiehensä. Hänen kulkunsa oli merkillisintä mitä koskaan olen nähnyt, sillä hän laski oikean jalkansa maahan ainoastaan yhden kerran sillä aikaa kun hän vasemmalla jalalla otti kuusi askelta.

Siinä seisoessani ja hänen menoaan katsellessani olin niin hämmästynyt, etten joutanut ajattelemaan niitä vakavanluonteisia seurauksia, jotka johtuisivat tämän raakamaisen miehen ja kiivasluontoisen, heikkohermoisen kenraalin yhtymisestä.

Minä seurasin siitä syystä ukkoa, joka hyppi minun edelläni ikäänkuin iso, kömpelö lintu, ja saavutin hänet ristikkoportin edustalla, jossa hän seisoi ja katsoi sisään rautasalkojen välistä.

"Hän on vanha viisas kettu", sanoi hän minulle ja nyökäytti päätään linnaan päin. Hän on syvä kuin meren hiekka. Onko tuo huone tuolla hänen omansa?"

"Se on hänen huoneensa", vastasin minä ja jatkoin:

"Minä kehotan teitä käyttäytymään kohtilijaasti, jos joudutte puhumaan kenraalin kanssa. Hän ei kärsi nenäkkäisyyksiä, tahdon sanoa."

"Te olette oikeassa. Hän piti aina pintansa. Mutta eikö hän tule tuolta lehtikäytävää?"

Minä katsahdin portista sisään ja huomasin kenraalin, joka riensi meitä vastaan, sillä hän oli luultavasti kuullut äänemme. Mutta lähemmäksi tultuaan pysähtyi hän toisinaan ikäänkuin ei olisi tietänyt menisikö eteenpäin vai kääntyisikö takaisin.

"Hän tunnustelee", kuiskasi korpraali käheästi naurahtaen. "Hän pelkää, ja minä tiedän hänen pelkonsa syyn. Ukko ei mielellään tahdo mennä satimeen."

Korpraali nousi äkisti varpailleen, pisti kätensä rautaristikkojen väliin ja huusi rämeällä äänellä:

"Tulkaa vaan, urhoollinen päällikköni! Tulkaa! Rannikko on puhdas eikä yhtään vihollista ole näkyvissä."

Tuttavallinen puhuttelu vaikutti tyynnyttävästi kenraaliin, sillä hän tuli suoraa päätä meitä kohden, vaikka minä hänen kasvojensa hohteesta huomasin että hänen mielenmalttinsa oli kiehumapisteessä. Minut huomattuaan hän sanoi oletteko te täällä, herra West? Mitä te tahdotte ja miksi olette tuonut tämän miehen tänne?"

"En minä ole häntä tuonut", vastasin minä, tuntien itseni loukatuksi ajatellessani että hän piti minut vastuullisena kiertolaisen läsnäolosta. "Minä tapasin hänet tiellä vähän matkan päässä täältä. Hän kysyi missä te asutte ja minä näytin hänelle paikan. Mitä minuun tulee, en ole koskaan ennen nähnyt häntä."

"Mitä te tahdotte", kysyi kenraali ärmeästi, ja kääntyi seuralaiseeni.

"Minä olen vanha kuningattaren palveluksessa ollut tykkimies, ja kun kuulin teistä puhuttavan Indiassa, ajattelin että te mahdollisesti ottaisitte minut tallirengiksenne tai puutarhanhoitajaksenne taikkapa antaisitte minulle jonkin muunkin paikan, jos teillä on joku avoinna."

Entinen korpraali puhui vinkuvalla äänellä ja otti nöyrästi lakin päästään. Kaikki rohkeus ja tunkeilevaisuus, joka ennen oli hänessä esiintynyt, eli nyt ikäänkuin puhallettu pois.

"On ikävää etten ole tilaisuudessa tarvitsemaan "palvelustanne", vastasi kenraali välittömästi.

"Antakaa minulle edes vähä apua, että voisin jatkaa matkaani", sanoi kerjäläinen matelevaa nöyryyttä osottavalla äänellä. Ettehän tahtone vanhan toverin joutuvan hunnikolle. Minä olin mukana, kun Kabul valloitettiin.

Kenraali ei vastannut, vaan katsoi tuikeasti pyytäjään.

"Minä olin teidän mukananne Ghuzneessa, kun maanjäristys särki suojahaudat ja me näimme neljäkymmentätuhatta afghanilaista pyssynkantaman päässä meistä. Jos kysytte minulta tarkemmin tätä asiaa, niin huomaatte etten minä valehtele. Kaikki tämä tapahtui nuoruudessamme, ja nyt, kun olemme vanhentuneet asutte te hienossa huoneessa, eikä minulla ole ruokaa eikä kattoa pääni suojana. Tuo tuommoinen ei ole oikeaa. Vai mitä te luulette?"

"Minä luulen että te olette häpeämätön kähnys", vastasi kenraali. "Jos te olisitte ollut kunnon sotilas, ei teidän koskaan olisi tarvinnut pyytää apua. Minä en anna teille ropoakaan."

"Ainoastaan yksi sana lisää, herra kenraali", huudahti mies, sillä toinen kääntyi jo pois. "Minä olen ollut Terada-solassa."

Vanha kenraali kääntyi niin äkisti kuin pistoolin luoti olisi häneen sattunut.

"Mitä – – – mitä te tarkoitatte", sopersi hän.

"Minä olen ollut Teradan läheisessä solassa ja siellä tullut tuntemaan miehen, jonka nimi oli Ghoolab Shah."

Viime sanat kuiskasi hän matalalla äänellä, pilkallisesti nauraen.

Hänen lausuntonsa vaikutti tavattomasti kenraaliin. Hän horjui, ja hänen kellertävät kasvonsa muuttuivat harmaan kalpeiksi. Hetkeen aikaan oli hänen mahdoton saada sanaa suustaan. Hän veti raskaan hengähdyksen ja sanoi viimein:

"Ghoolab Shah! Kuka te olette, joka tunnette hänet?"

"Tarkastakaa minua vielä kerta. Teidän näkönne ei ole niin terävä kuin viisikymmentä vuotta sitten", sanoi maankiertäjä.

Kenraali katsoi pörrötukkaista kiertolaista tarkasti. Viimein näytti hän pääsevän selville.

"Tuhat tulimmaista! Tehän olette korpraali Rufus Smith", puhkesi hän puhumaan.

"Viimeinkin olette osannut oikeaan", sanoi hän täyttä kurkkua nauraen. "Minä juuri arvelin, kuinka kauan kestäisi ennen kuin tuntisitte minua. Mutta ennen kaikkea pyydän teidän avaamaan portin. On vaikeaa puhella, kun rautaristikko on välissä. Menettely muistuttaa liian paljon kymmenminuuttikäyntiä koppivankien puheilla."

Kenraali, joka vielä näytti kiihoittuneelta, irroitti salvat heikkohermoisilla vapisevilla käsillään. Minä luulin kuitenkin että korpraali Rufus Smithin tunteminen oli tyynnyttänyt häntä, vaikka ei hän juuri näyttänyt iloiselta tämän käynnistä.

Heti portin avattuaan hän sanoi:

"Minä olen usein tuuminut, olisitteko te elävä vai kuollut, mutta en koskaan odottanut saavani teitä enää nähdä. Kuinka te olette voinut kaikkina näinä pitkinä vuosina?"

"Kuinka minä olen voinut", toisti korpraali tylyllä äänellä. "Enimmät aikani olen ollut kohtalon varassa. Kun saan kolikkoni, ostan heti väkiviinaa, ja niin kauan kun tämä kestää voin jotakuinkin hyvin. Kun olen kaikki ryypännyt, lähden seikkailulle sekä siinä toivossa että saisin silloin tällöin rovon että saisin selville missä te olette."

"Te saatte suoda anteeksi, West, että me näin puhumme toisillemme yksityisasioista", sanoi kenraali ja kääntyi minuun, sillä minä olin juuri poistumaisillani. "Älkää vielä menkö. Te tiedätte jo asiasta jotakin, ja eräänä päivänä tullee teistä meidän liittolainen."

Korpraali Rufus Smith katseli minua hämmästyksellä.

"Mistä se tulee että hän yhdistyy meihin", sanoi hän.

Kenraali muutti äänensä matalammaksi ja sanoi sukkelaan:

"Hän on minun naapureitani ja on luvannut – tarpeen vaatiessa – auttaa meitä."

Tämä selitys lisäsi pitkän muukalaisen hämmästystä. Hän katseli minua hämmästyksellä ja sanoi:

"Mitään semmoista en ole koskaan ennen kuullut puhuttavan."

"Sanokaa minulle, korpraali Smith, koska nyt kerran olette minut tavannut, mitä te haluatte."

"Kaikkea. Minä tahdon katon pääni suojaksi, vaatteita ruumiilleni ja ruokaa niin riittävästi että saan syödä vatsani täyteen. Ja ennen kaikkea tahdon paloviinaa."

"Minä otan teidät huoneeseeni ja teen kaikki voitavani teitä auttaakseni", sanoi kenraali pitkäveteisesti. "Mutta sen minä teille sanon, Smith, että sotakuri on otettava huomioon. Minä olen kenraali ja te olette palvelija. Älkää salliko minun useammin kuin kerran muistuttaa teitä siitä asiasta."

Kiertolainen ojensi vartalonsa koko pituudelleen ja teki sotilaallisen tervehdyksen.

"Minä voin käyttää teitä puutarhurina ja lähettää pois sen miehen, joka nyt hoitaa puutarhaa. Mitä paloviinaan tulee, saatte sitä rajoitetun määrän, mutta ette tippaakaan enempää. Me emme ole juoppoja tässä talossa."

"Ettekö te itse käytä opiumia tai paloviinaa, herra", kysyi korpraali Rufus Smith.

"En kumpaakaan", vastasi kenraali päättävästi.

"Kaikki mitä minä tahdon sanoa on se että te olette osottanut suurempaa rohkeutta kuin minä. Jos minun yö toisensa jälkeen täytyisi kuulla mitä te kuulette enkä saisi tippaakaan väkevää sydämeni virkistykseksi, niin luulen että minä viimein tulisin hulluksi."

Kenraali Heatherstone teki kädellään merkin ikäänkuin olisi pelännyt miehen puhuvan liian paljon.

"Minä kiitän teitä, herra West, siitä että seurasitte tätä miestä minun portilleni", sanoi hän. "Minä en soisi vanhan toverin, vaikka hän onkin melkoisesti alempiarvoinen, joutuvan hunnikolle. Se seikka etten alussa tahtonut hänestä tietää, tuli siitä etten luullut häntä todellisuudessa siksi mieheksi, joka hän itsensä sanoi. Menkää nyt linnaan, korpraali. Minä tulen jälestä."

"Senkin kurja paholainen", sanoi hän kun tulokas hyppien meni lehtikujaa. "Hän sai sääreensä luodin, joka särki luut, ja tuo itsepäinen hupsu ei sallinut lääkärien poistaa jalkaa. Minä muistan hänet niin hyvin kun hän oli nuori sotilas Afghanistassa. Hän ja minä teimme yhdessä muutamia omituisia seikkailuja, joista kerran puhun teille. Minä säälin ja tahdon mielelläni auttaa häntä. Kertoiko hän jotakin minusta ennen kuin minä tapasin teidät?"

"Ei sanaakaan", vastasin minä.

"Vai niin", vastasi kenraali huolimattomasti mutta äänellä, joka osotti helpotusta. "Minä luulin että hän olisi sanonut jotakin vanhoista ajoista. Nyt minun täytyy mennä häntä hakemaan, tai muuten palvelijat säikähtävät. Hän ei juuri ole mikään kauneuden perikuva. Hyvästi!"

Vanhus viittasi minulle kädellään ja lähti kiireesti etsimään uutta puutarhuria. Minä kiersin aitaa ja kurkistelin kaikista raoista, mutta en voinut nähdä ainoatakaan jälkeä Mordauntista tai hänen sisarestaan.

Tultuani niin pitkälle että ole kertonut korpraali Rufus Smithin tulon, olen päässyt lopun alkuun. Minä olen kertonut syyn miksi matkustimme Wigtownshireen, Heatherstonen perheen tulosta Cloomberiin ja monista merkillisistä tapahtumista, jotka alussa herättivät meidän huomioa mutta sittemmin harrastusta, ja minä olen lyhyesti esittänyt ne syyt, jotka saattoivat minut ja sisareni kenraalin ja hänen perheensä lähempään yhteyteen.

Minä en usko saavani tätä parempaa tilaisuutta jättää kertomuksen jatkamista niitten tehtäväksi, jotka tiesivät jotakin siitä mitä tapahtui Cloomberin seinäin sisällä, minun tarkastaessani useampana kuukautena linnaa ulkoapäin.

Tässä esiintyvät kahden henkilön kirjoittamat tosiasiat eivät semmoisinaan ole niin valaisevia, mutta vahvistavat kuitenkin minun omia kokemuksiani.

Ajaja Israel Stakes ei osannut lukea eikä kirjoittaa, mutta Stoneykirkin presbyteriläinen pappi Mathew Clark on kirjoittanut hänen sanelunsa mukaan. Israel todisti sitten kirjoituksen sisällyksen nimensä kohdalle piirtämällä ristillä. Minä luulen että kunnianarvoinen kirkkoherra on vähän parannellut esitystä, seikka, josta minä olen pahoillani, sillä esitys olisi varmaankin ollut mieltä kiinnittävämpi, jos se olisi ollut sanatarkka.

Siinä esiintyy kumminkin vielä Israelin persoonallisuuden jälkiä ja sitä voidaan pitää hänen näkemäinsä ja kuulemainsa tarkkana esityksenä hänen ollessaan kenraali Heatherstonen palveluksessa.

VIII Israel Stakesin kertomus

(Wigtownshiren Stoneykirkin presbyteriläisen kirkko-
herran Mathew Clarkin kirjoittama ja alkuperäiseksi
todistama.)

Sekä nuoriherra Fothergill West että kirkkoherra sanovat että
minä tiedän kertoa kaikki kenraali Heatherstonesta ja hänen
huoneestaan, mutta he sanovat etten minä saa puhua liiaksi
itsestäni tai omista asioistani, koska lukijat eivät välittäisi niis-
tä. Mutta minä en ole niin vakuutettu siitä asiasta, sillä sukuni
on tunnettu ja arvossa pidetty rajan kummallakin puolella. Se-
kä Nittesdalessa että Annendalessa löytyy monta, jotka mielel-
lään tahtoisivat kuulla jotakin Gedefeshanista olevan Archie
Stakesin pojasta.

Mutta herra Westin tähden teen hänen halunsa mukaan
ja toivon ettei hän unohda minua, kun minä pyydän häneltä
jotakin.

Vanha veijari sai hyvän palkan vaivoistaan, niin ettei hä-
nen tarvinnut puhua korvauksesta.

Minä en osaa itse käyttää kynää, sillä isä lähetti minut
pelottelemaan variksia sen sijaan että olisi päästänyt minut
kouluun. Mutta toiselta puolen kasvatti hän minut periaatteit-
ten mukaisesti; hän salli minun käydä kalvinilaisessa kirkossa,
ja siitä minä kiitän Herraa Jumalaa.

Toukokuun lopulla tuli asiamies Mc Neil kadulla minun luokseni ja kysyi, voisinko minä ottaa vastaan ajajan- ja puutarhurinpaikan. Ja juuri silloin sattui niin että minä olin työnhaussa mutta enhän minä niin tyhmä ollut että olisin hänelle siitä puhunut.

"Te voitte ottaa paikan tai olla ottamatta, jos haluatte", sanoo hän vihaisella äänellä. "Se on hyvä paikka ja moni iloitsisi sen saadessaan. Jos tahdotte tulla minun konttoriini klo 2:lta, niin saatte itse puhua hänen kanssaan."

Tämä oli kaikki mitä minä voin saada häneltä ulos, sillä ei hän ole taipuisa puhumaan, ja äreä ja vihainen on hän vielä päälliseksi, ominaisuus, joka ei suinkaan hyödytä häntä toisessa elämässä vaikka hän käy purppurassa ja kalliissa liinavaatteessa. Kun se päivä tulee, niin silloin on suuri joukko asianajajia seisova istuimen vasemmalla puolella, eikä minua ensinkään kummastuta, jos näen hänet itsensä muitten joukossa.

No sitten minä menin konttooriin, ja siellä oli herra Mc Neil ja pitkä, laiha mies, jolla oli harmaat ruskeat ja ryppyiset kasvot kuin saksanpähkinän kuori. Hän katsoa tuijotti minuun silmillä, jotka loistivat kuin tulenliekit ja sanoi sitten:

"Minä olen kuullut että te olette syntynyt tässä maassa."

"Niin olen", vastasin minä, "enkä ole koskaan käynyt oman maani ulkopuolella."

"Ettekö koskaan ole käynyt ulompana Skotlantia", kysyy hän.

"Kaksi kertaa on käynyt Carlislen markkinoilla", sanon minä, sillä minä olen mies, joka rakastan totuutta.

"Minä kuulen herra Mc Neililtä, ettette osaa kirjoittaa", sanoo kenraali Heatherstone, sillä hän se oli eikä kukaan muu.

"En", sanon minä.

"Ettekö osaa lukeakaan?"

"En", sanon minä.

"Hän on juuri se mies, jonka minä tarvitsen", sanoo hän ja kääntyy Mc Neiliin. "Palvelijat on nykyaikana pilattu liian hienolla kasvatuksella", sanoo hän. "Mutta minä luulen, Stakes, että me sovimme yhteen. Te saatte kolme puntaa kuukaudessa, mutta minä pidätän itselleni oikeuden saada mieleni mukaan sanoa teidät irti, ja teidän tulee silloin muuttaa 24 tunnin kuluessa. Tyydyttekö siihen?"

"Minulla oli ihan toiset ehdot entisessä paikassani", sanon minä tyytymättömänä.

Ja sanani olivat totta kyllä, sillä vanha Scott antoi minulle ainoastaan yhden punnan kuukaudessa.

"Kentiesi minä voin vähän korottaa summaa", sanoo hän. "Herra Mc Neil kertoo minulle, että on tapana antaa käsirahaa. Tästä saatte. Minä odotan teitä Cloomberiin maanantaina."

Kun maanantai tuli, menin minä Cloomberiin, ja suuri talo se on, ja siinä on sata ikkunaa tai enemmän ja sijaa kyllä puolen seurakunnan asukkaille. Mitä puutarhatyöhön tulee, niin siellä ei ollut mitään puutarhaa, jossa olisin voinut työskennellä, ja hevonen seisoi tallissa viikon toisensa jälkeen. Minulla oli kumminkin kurkisteltavaa sillä minä korjailin vähän siellä ja täällä, kiillotin veitsiä, harjasin saappaita ja tein semmoisia vähäpätöisiä töitä, jotka paremmin soveltuvat vanhalle akalle kuin miehelle.

Lisäksi oli siellä kaksi palvelijatarta keittiössä, keittäjätär Elisa ja sisäpalvelijatar Mary, kurjia taitamattomia olentoja, jotka ovat tuhlanneet koko elämänsä Lontoossa ja aina pitäneet maailmaa ja sen himoja silmämääränään. Minulla ei ollut heille paljoa puhuttavaa, sillä he eivät huolineet mistään ja välittivät sielustaan yhtä vähän kuin sammakot aholla. Kun keittäjätär sanoi ettei hän ajatellut mitään suurta John Knoxista, toinen huomautti ettei hän antaisi ropoakaan saadakseen kuulla Donald Mc Snawin saarnoja, niin älysin minä että oli aika jättää heidät korkeamman tuomarin haltuun.

Perheessä oli neljä henkeä, kenraali, hänen vaimonsa, herra Mordaunt ja neiti Gabriella, eikä kestänyt kauan kun sain tietää ettei kaikki talossa ollut niinkuin olisi pitänyt olla. Rouva oli niin ohut ja laiha kuin henki, ja monta kertaa olen minä huomannut hänen itkevän ja valittavan itsekseen. Minä olen nähnyt hänen käyvän edestakaisin metsässä, jossa ei hän luullut kenenkään häntä näkevän, ja hän väänteli käsiään niinkuin mielipuoli. Nuoren herran ja hänen sisarensa mieltä näkyi myös joku asia painostavan. Ja kenraalia kaikkein enimmin, sillä toiset olivat vallattoman iloisia toisena ja surullisia taas toisena päivänä, mutta hänen kasvonsa olivat aina niin synkät kuin pahantekijän, joka tuntee nuoraa kaulassaan.

Minä kysyin keittiössä olevilta neideiltä, tietäisivätkö he, mikä herrasväkeä vaivasi, mutta keittäjätär vastasi etteivät isäntäväen asiat koskeneet häneen rahtuakaan, ja ettei hänellä ollut talossa muuta toimitettavaa kuin tehdä työtä ja saada palkkansa. Kumpikaan tyttö tuskin tahtoi vastata kohteliaaseen kysymykseen, vaikka he kyllä pakisivat keskenään, kun olivat sillä tuulella.

Viikkojen vieriessä tuli linnassa olo yhä tukalammaksi. Kenraali näytti vihaiselta ja hänen vaimonsa muuttui päivä päivältä aina vaan synkkämielisemmäksi. Mutta aamijaishuoneessa ei sentään kuulunut mitään toraa eikä rähinää, sillä minulla oli siihen aikaan usein tapana käydä ikkunain ohi, kun olin ruusupensaita oksimassa, enkä silloin voinut olla kuulematta heidän keskusteluaan ihan vasten tahtoanikin.

Kun nuoret olivat heidän kanssaan sisällä eivät he puhuneet montakaan sanaa keskenään, mutta näitten poistuttua puhuivat vanhat minkä jaksoivat, vaikka en minä koskaan päässyt heidän puheensa perille. Useamman kun kerran olen kenraalin kanssa kuullut sanovan, ettei hän pelännyt kuolemaa eikä mitään vaaraa, jota hän saattoi asettua vastustamaan mutta pitkällinen odotus ja epävarmuus ne riistivät häneltä tarmon ja voiman.

Semmoisissa tilaisuuksissa lohdutti vaimo häntä ja sanoi että kaikki viimein muuttuisi hyväksi, mutta hänen lohdutussanansa eivät tehneet kenraalin vähintäkään vaikutusta.

Minä kyllä tiesin etteivät nuoret aina pysyneet sisällä vaan hiipivät usein ulos tavatakseen herra Fotgergill Westin Branksomesta. Mutta kenraalilla oli liiaksi omia surujaan ehtiäkseen pitämään huolta heistä, ja mitä minuun itseeni tulee, niin ei ollut ajajan ja puutarhurinvirkaani kuuluvaa pitää vaaria lapsista. Ja pojalta ja tytöltä jotakin kieltäminen on juuri suorin tapa saada heidät hankkimaan itselleen sitä mikä on kiellettyä. Herra teki saman havainnon paratiisin huvitarhassa eikä Eedenin ja Wigtownin väellä ole suurta erotusta.

Löytyy toinenkin asia, josta en ole puhunut, mutta nyt se tulee esille. Kenraali ei asunut samassa huoneessa kuin hänen vaimonsa, vaan makasi yksin linnan toisessa päässä olevassa kamarissa niin kaukana kuin mahdollista muista ihmisistä. Se oli aina lukittuna, kun ei hän ollut siellä, eikä kukaan meistä koskaan päässyt sinne. Hän teki itse vuoteen, siivosi ja järjesti huoneensa, eikä kukaan meistä saanut edes tilaisuutta astua askeltakaan käytävälle, joka johti sinne. Yöllä käyskenteli hän ympäri koko talossa, ja lamppuja paloi joka nurkassa, niin että kaikkialla talossa, ja lamppuja paloi joka nurkassa, niin että kaikkialla olisi valoisaa. Minä asuin ylikamarissa, ja monta kertaa kuulin minä hänen raskasten askeltensa lähenevän ja poistuvan, lähenevän ja poistuvan sydänyöstä aina kukonlaulamaan asti. Tuntui väsyttävältä maata, kun täytyi kuulla hänen kävelynsä retkutusta. Maatessani minä aprikoitsin, tokkohan miehellä olisi puhdasta leipää pussissa vai oliko hän oppinut pakanallisia tapoja Indiassa vai oliko hänen omatuntonsa sen madon kaltainen, joka ei koskaan kuole. Minä olisin mielelläni tahtonut kysyä häneltä, eikö hän olisi halunnut puhua kirkkoherra Donald Mednawin kanssa, mutta minä olisin kai siinä tehnyt tyhmästi, ja kenraali oli mies hattunsa arvoinen eikä kärsinyt tyhmyyksiä.

Kun minä eräänä päivänä olin työssä kukkalavalla, tulee hän luokseni ja kysyy:

"Oletko sinä koskaan ollut tilaisuudessa laukasemaan pistoolia?"

"Ei koskaan eläissäni minulla ole ollut semmoista kalua kädessäni", sanon minä.

"On parasta ettet semmoista nytkään opettele", sanoo hän. "Osaatko pidellä kelpo omenapuukalikkaa?"

"Kyllä varmaan", vastasin minä eloisasti.

"Tämä linna on niin kaukana syrjäpuolessa että saamme

pelätä murtovarkaita", sanoo hän. "Me saamme valmistautua odottamaan heidän tuloaan. Etkö sinä luule että minä ja sinä, poikani ja herra Fothergill West Branksomesta voisimme heitä vastustaa jos he tulisivat?"

"Kyllä minä sen uskon, herra, ja jos tahdotte korottaa palkkani yhdellä punnalla kuukaudessa, niin minä en hetken tultua väisty paikaltani."

"Siitä asiasta emme riitele", sanoo hän ja sopii minun kanssani siitä että minä saan kaksitoista ylimääräistä puntaa vuodessa.

Olkoon kaukana minusta että ajattelisin kenestäkään pahaa, mutta minä en voinut olla epäilemättä, että niitä rahoja, jotka hän niin helposti päästi käsistään, ei ollut kunnialla ansaittu.

Luonnostani en ole utelijas enkä tiedonhaluinen, mutta minä tuumailin yksikseni kovasti, mikä oli syynä että kenraali yöllä käyskenteli koko talon ympäri ja ettei hän voinut nukkua.

Kun minä eräänä päivänä olin käytävää lakasemassa, sattuivat silmäni suureen läjään, jossa oli ikkunavarjostimia ja lattiaverhoja ja muuta semmoista tavaraa, ja joka oli erääseen nurkkaan heitettynä, ei aivan kaukana kenraalin huoneen ovesta. Äkkiä juolahti mieleeni ajatus ja minä sanoin itsekseni: "Israel, mikä voi estää sinua tänä yönä ryömimästä tuohon läjään, tarkastaaksesi ukkoa, kun ei mikään muu ihmissilmä voi häntä nähdä?"

Jota enemmän tätä ajattelin, sillä enemmän tunsin siihen houkutusta, ja minä päätin toteuttaa tuumani.

Illan tultua sanoin minä naisille, että tahdoin mennä varhain huoneeseeni, koska hampaitani särki. Minä tiesin ettei minua sinne onnellisesti päästyäni kukaan häiritsisi. Minä odotin siis melkoisen ajan, ja kun talossa oli kaikki hiljaista, vedin minä saappaat jalastani, juoksin toisia portaita alas ja menin lattianpeiteläjälle. Siihen minä piilottauduin ja kurkistin ulos pienestä reiästä. Sitä paitsi käärin ympärilleni ison rääsyisen lattiaverhon. Siellä minä makasin niin hiljaa kuin hiiri, kunnes kenraali meni ohitseni ja hiljaisuus taas vallitsi huoneessa.

Kaikissa niistä rahoista jotka ovat Dumfriesin säästöpankissa en tahtoisi enää toista kertaa kokea sitä mitä silloin sain tuntea! Sitä ajatellessani karmii nytkin selkäpiitäni. Tuntui kolkolta maata siellä yön hiljaisuudessa, odottaa ja odottaa, saamatta kuulla ainoatakaan ääntä paitsi jostakin alemmasta käytävästä kuuluvaa lujaäänistä seinäkellon naksutusta.

Ensin katsoin minä toiseen ja sitten taas toiseen suuntaan, ja minusta tuntui aina siltä että jotakin liikkui siinä suunnassa, josta minä käännyin poispäin. Kylmä hiki valui pitkin otsaani ja sydämeni löi kaksi kertaa niin nopeasti kuin kello.

Mitä minä enimmin kaikista pelkäsin oli se seikka että lattiaverhoista joutuisi tomua keuhkoihini ja että minun silloin täytyisi yskiä. Herra varjelkoon minä vieläkin ihmettelen etteivät hiukseni harmaantuneet kaikesta siitä mitä silloin sain kokea. Minä en tahtoisi enää elää niitä hetkiä, vaikka pääsisin Glasgowin pormestariksi.

Kello oli ehkä kaksi aamupuolella, kenties vähän enemmänkin, ja minä tuumiskelin juuri ettei tässä makaamalla kumminkaan saisi juuri mitään tietää – eikä se ajatus minua suuresti pahoittanutkaan – kun yhtäkkiä yön hiljaisuudessa kuulen äänen. Minua on ennen pyydetty kertomaan tämän äänen luonnetta, mutta minä olen huomannut ettei se ole niinkään helppo tehtävä, sillä ääni erosi kaikista muista äänistä. Se oli kirpeä ja helisevä ikäänkuin ääni, joka syntyy vesilasin syrjän hieronnasta, mutta se oli selvempi ja puhtaampi, ja siinä kuului läiskäys, ihan niinkuin kuuluu vesipisaran pudotessa vesisankoon.

Hämmästyksessäni nousin minä lattiaverholäjässä istumaan, ikäänkuin sammakko istuu ojakärsämäien keskellä ja kuuntelin tarmoni takaa korvillani. Mutta kaikki oli äänetöntä ja hiljaista, ja ainoa mitä minä kuulin oli kellon tikutus.

Äkkiä toistui ääni yhtä räikeänä ja kirpeänä kuin edelliselläkin kerralla, ja kenraalinkin kuuli sen sillä hän ähkyi niinkuin uuvuksiin väsynyt mies, joka herätetään unestaan. Hän nousi vuoteeltaan, ja siitä rahisevasta äänestä, joka sitten seurasi, ymmärsin minä että hän puki vaatteet yllensä. Viimein rupesi hän kävelemään edestakaisin huoneessaan. Minä olin taas tuossa tuokiossa piilottautunut lattiaverhoihin. Siellä maatessani vapisi joka jäseneni, ja minä luin niin monta rukousta kuin kiireessä saatoin muistaa. Sitten minä kurkistin kenraalin kamarinovessa olevasta tähystysreiästä tämän huoneeseen.

Minä kuulin että hän kosketti lukkoa ja näin että ovi avautui. Kynttilä paloi hänen huoneessaan, ja minä näin juuri vilaukselta muutamia esineitä, jotka näyttivät miekoilta ja riippuivat seinillä, kun kenraali astui huoneestaan ja sulki oven. Hän oli yötakkiin pukeutuneena, hänellä oli tupakoimislakki päässään ja jalassaan tohvelit, joissa oli ylöspäin pyrkivät kärjet.

Ensin minä luulin hänen käyvän unissaan, mutta kun tuli likemmäksi, huomasin että hänen silmänsä loistivat ja kasvot olivat ikään kuin tuskasta vääntyneet. Väristys tuntui vielä selässäni kun muistan hänen pitkän vartalonsa ja kellertävät kasvonsa. Hiljaa ja juhlallisesti hiipi hän eteenpäin pitkässä käytävässä.

Minä pidätin henkeäni ja katsoin häneen, mutta juuri kun hän tuli minun kohdalleni, pysähtyi sydämeni lyönti, sillä samassa silmänräpäyksessä kuului ääni korkeana ja kirkkaana, ei kyynäränkään päässä minusta. Se oli sama helisevä ääni, jonka hetki aikaa sitten olin kuullut. Mistä ääni tuli ja mikä sen synnytti, sitä en minä tiedä sanoa. Kentiesi se lähti kenraalista, mutta en voi sanoa, millä tavalla hän sai sen aikaan, sillä hänen molemmat kätensä riippuivat pitkin kylkiä. Se tuli kumminkin ihan hänen vierestään, ja minusta tuntui melkein siltä että se kuului melkein hänen päänsä yläpuolelta. Mutta ääni oli niin hieno ja väräjävä ettei voinut sanoa, mistä se tuli.

Kenraali ei kysellyt, mistä ääni tuli, vaan meni tiehensä eikä ollut enää nähtävänä.

Minä en hukannut silmänräpäystäkään, vaan ryömin piilopaikastani ja juosta hölkötin omaan kamariini. Vaikka kuinka monta peikkoa tahansa myöhemmin yöllä olisi käydä tissutellut pitkin käytävää, en minä olisi tahtonut pistää päätäni ovesta nähdäkseni niistä vilahdustakaan.

Minä en yhdellekään ihmiselle puhunut sanaakaan siitä mitä tapahtui, mutta minä päätin etten kovin kauan olisi Cloomber Hallissa. Neljä puntaa kuukaudessa on iso palkka, mutta se on pieni silloin kun sillä maksetaan ihmisen sielunrauha, ja voipa hänen sielunsa vielä lopuksi joutua hukkaankin, sillä kun perkele käy ympäri kiljuvan jalopeuran tavalla, niin ei tiedä, kenen hän voi niellä. Ja vaikka sanovat että Herramme on ääntä väkevämpi, niin ei sentään ole sopivaa ruveta asiaa koettamaan. Minä ymmärsin selvästi että kenraalia ja hänen huonettaan painoi kirous, ja jos hän oli sen ansainnut niin se oikeudella kohtaisi häntä eikä saisi koetella presbyteriläistä, joka aina on vaeltanut kaidalla tiellä.

Sydäntäni karvasteli ajatellessani nuorta Gabriella-neitiä – sillä hän on sekä kaunis että sävyisä – mutta minä tunsin velvollisuuteni olevan lähteä tieheni, aivan samalla tavalla kuin Lot poistui syntisestä kaupungista.

Tämä kauhea kilinä soi alituisesti korvissani, enkä minä tohtinut yksin liikuskella käytävissä, sillä minä pelkäsin vielä kerran saavani sen kuulla. Ja ensi tilaisuudessa aioin kenraalille sanoutua irti toimestani, hankkiakseni itselleni semmoisen paikan, jossa voisin seurustella kristittyin ihmisten kanssa ja lohdutuksekseni ja avukseni asua noin kivenheiton päässä kirkosta.

Mutta sitten kävi niin omituisesti ettei irti sanominen tapahtunutkaan minun puoleltani vaan kenraalin.

Tapahtui eräänä päivänä syyskuun lopulla, että kun minä hevoselle kauroja annettuani astuin ulos tallista, näin minä suuren rötkäleen, joka tulee hyppien yhdellä jalalla ja on enemmän ison variksen kuin miehen näköinen. Minä katsoa tuiotin häneen ja luulin että hän oli niitä roistoja, joista kenraali oli puhunut. Sentähden en minä puhunut sanaakaan, vaan lähdin hakemaan sauvaani, jolla aioin koetella lurjuksen päätä.

Hän näkee minun tulevan ja huomaa sauvan kädessäni. Arvaten että minä aioin koetella hänen nahkaansa, veti hän suuren veitsen taskustaan ja vannoi kauhistavalla valalla tappavansa minut, jos en peräytyisi.

Minun hiukseni nousivat pystyyn ja me seisoimme vastatusten – hänellä veitsi minulla oksainen kalikka kädessäni – kun kenraali tuli meitä kohden.

"Pistäkää veitsi taskuunne, korpraali. Pelkonne on poistanut teiltä ymmärryksen", sanoo hän.

"Hän olisi murskannut pääkalloni, jos en olisi vetässyt veistäni. Teidän ei tulisi pitää palveluksessanne niin vaarallista velikultaa", hän sanoi.

Isäntä rypisti otsaansa ja katsoi häneen vihaisesti ikäänkuin ei olisi pitänyt hyvänä neuvojen saamista siltä taholta.

"Israel, minä en tarvitse sinua kauemmin kuin tämän päivän", sanoi hän. "Sinä olet ollut uskollinen palvelija enkä minä voi sinua soimata, mutta asianhaarat vaativat että minun täytyy vaihtaa palvelijaa."

"Se käy päinsä, herra", sanon minä.

"Sinä voit lähteä jo tänä iltana", sanoo hän, "ja koska sinut niin äkkiarvaamatta sanottiin irti, annan minä sinulle päällisiksi vielä yhden kuukauden palkan."

Näin sanottuaan meni hän linnaan, ja hänen kintereillään seurasi mies, jota hän oli nimittänyt korpraaliksi. Ja siitä päivästä alkaen en ole tavannut kumpaakaan heistä. Minun rahani lähetettiin minulle paperiin käärittynä, ja sanottuani muutaman sanan tulevasta vihan päivästä keittäjättärille ja toiselle lutukselle, pudistin Cloomberin tomut jaloistani ja lähdin tieheni.

Herra Fothergill West sanoo ettei minun tarvitse puhua kaikesta mitä sittemmin tapahtui, vaan ainoastaan kertoa se mitä minä itse näin. Minä en ymmärrä hänen syitään – ja olkoon minusta kaukana väittääkseni etteivät nämä syyt olisi hyviä – mutta tahdon vaan lisätä ettei se mikä sittemmin tapahtui minua rahtuakaan hämmästyttänyt.

Se oli juuri se jota olin odottanutkin ja sen minä sanoin kirkkoherrallekin.

Nyt minä olen kertonut kaikki, eikä minulla ole mitään lisättävää eikä peruutettavaa. Minä olen kiitollinen herra Mathew Clarkille siitä että hän kirjoittaa kaikki minun puolestani, ja jos joku haluaa tietää enemmän, niin olen minä tunnettu ja arvossa pidetty Geclefechaanissa, ja herra Mc Neil tietää sanoa, missä minä asun.

IX TOHTORI JOHN EASTERLINGIN KERTOMUS

Esitettyäni Israel Stakesin kertomuksen koko laajuudessaan, tahdon nyt liittää tähän tohtori Easterlingin lyhyet muistiinpanot.

On kyllä totta että tohtori ainoastaan kerran kävi Cloomberissa kenraali Heatherstonen siellä olon aikana, mutta tähän käyntiin liittyi muutamia omituisia asianhaaroja, ja ne voivat valaista niitä oloja, jotka lukija jo tuntee.

Tohtori on tehnyt muistiinpanoja tästä käynnistä, ja nämä muistiinpanot minä nyt jätän lukijalle.

* * *

Mielihalulla minä kerron herra Fothergill Westille ne vaikutelmat, jotka sain Cloomber Hallissa käynnistäni enkä minä kerro niitä ainoastaan sen perusteella että kunnioitan herra Westiä, vaan myös siitä syystä että ne tosiasiat, jotka tulin tuntemaan, ovat niin omituista laatua, ne on julaistava luettavaksi.

Viime vuoden syyskuussa sain minä rouva Heatherstonelta Cloomber Hallista kirjeen, jossa tämä pyysi minua käymään tapaamassa hänen miestään, jonka terveys jo kauan oli ollut huonolla kannalla. Minä olin jo ennen kuullut puhuttavan Heatherstoneista ja että he elivät muista erillään. Minusta tuntui siis hyvin tärkeäarvoiselta saada tehdä heidän tutta-vuuttaan, ja minä päätin viipymättä matkustaa Cloomberiin.

Minä olin käynyt siellä ennen, silloin kun sen omistaja siellä asui, ja hämmästyin siis suuresti, kun perille tultuani näin että siellä oli tehty useampia muutoksia. Portti, joka ennen seisoi selkiselällään, oli nyt sulettuna, ja korkea lauta-aita, jonka yläreuna oli varustettu rautapiikeillä, ympäröitsi koko puiston. Lehtikuja, joka vei linnaan oli lehtien ja oksien peittämä, ja koko linnan piiri näytti yleensä huonosti hoidetulta.

Minun täytyi kahdesti soittaa ennen kuin palvelustyttö avasi oven, johtaen minut pieneen huoneeseen, jossa tapasin vanhanpuoleisen, laihan naisen, joka esitti itsensä rouva Heatherstoneksi. Hänen kalpeat kasvonsa, harmaat hiuksensa, surulliset silmänsä ja vaaleaksi viertynyt pukunsa soveltuivat täydellisesti kolkkoon ympäristöön.

"Me olemme kovin huolestuneina", sanoi hän lempeällä, matalalla äänellä. "Mutta miesparkani on liiaksi ponnistanut voimiaan, ja sen seurauksena on hänen hermostonsa heikontunut. Me muutimme tähän osaan maata siinä toivossa että virkistävä ilma hiljaisuuden ja levon yhteydessä tekisi hänelle hyvää. Mutta sen sijaan että paranisi on hän tullut huonommaksi, ja tänä aamuna oli hänellä kuume ja hän houraili. Lapset ja minä olimme niin kauhistuksissamme että lähetimme hakemaan teitä. Jos seuraatte minua, niin näytän teille tien kenraalin makuukamariin."

Hän kävi edelläni useampia käytäviä, ja viimein me tulimme sairaan miehen huoneeseen, joka sijaitsi kaikkein alimpana suuressa rakennuksessa. Tämän huoneen lattia oli paljas, ja huonekalut olivat soukat telttavuode, kenttätuoli ja vaatimaton honkapöytä. Viimeksi mainittu oli kirjojen ja paperien peittämä ja sen keskellä seisoi valkean huivin peittämänä muuan suuri esine, jolla oli epäsäännölliset ulkopiirteet. Seinillä ja kaikissa nurkissa riippui valikoima aseita, pääasiallisesti semmoisia, joita brittiläinen armeija käyttää. Mutta siellä löytyi myös monta itämaista tekoa olevaa miekkaa, joista useat olivat tupessa ja joitten kädensijoissa välkkyi jalokiviä. Oli räikeä erotus vaatimattomien huonekalujen ja niitten välillä, jotka riippuivat seinillä.

Minulla oli kuitenkin vähä aikaa katsella kenraalin kokoelmia, sillä potilaani makasi vuoteessa ja näytti kipeästi tarvitsevan minun apuani.

Hänen päänsä oli puolittain poispäin käännettynä; hän hengitti raskaasti ja oli nähtävästi tietämätön meidän läsnäolosta. Kirkkaat, tuijottavat silmät ja poskien kitukuumeellinen puna osottivat, että hänellä oli ankara kuume.

Minä lähestyin vuodetta, kumarruin alas ja kosketin sormillani hänen valtasuoneensa. Mutta hän nousi yhtäkkiä istumaan ja löi raivoisasti minua nyrkillään. Kun hän katsoi minuun, näkyi hänen kasvoissaan äärettömän tuskan ja kauhistuksen ilme.

"Verikoira", ulvoi hän. "Päästä minut, päästä minut, sanon minä. Ottakaa pois kätenne! Eikö siinä ole kylliksi että koko elämäni on saatettu turmioon? Milloin kaikki tämä loppuu? Kuinka kauan minun täytyy kärsiä tällä tavalla?"

"Vaiti, ystäväni, vaiti", sanoi hänen vaimonsa tyynnyttävällä äänellä ja laski viileän kätensä hänen kuumalle otsalleen. Tämä on tohtori Easterling Straenraerista. Hän ei ole tullut tänne sinua vahingoittamaan, vaan auttamaan."

Kenraali vaipui väsyneenä päänalaiselleen, ja hänen kasvojensa muuttuneista eleistä saattoi päättää että kuume oli tauonnut ja että hän ymmärsi vaimonsa puheen.

Minä pistin lämpömittarini hänen kainalokuoppaansa ja kun tarpeellisen ajan kuluttua tutkin sitä, huomasin että hän oli vapaa kuumeesta. Nähtävästi ahdisti häntä semmoinen ajoittainen kuumetauti, joka usein vaivaa niitä ihmisiä, jotka ovat viettäneet jonkun ajan kuumassa ilmanalassa.

"Hän ei ole missään vaarassa", huomautin minä. "Kun hänelle annetaan vähän kiniiniä ja arsenikkia, saa hän pian takaisin terveytensä ja voimansa."

"Ei mitään vaaraa", sanoi hän. "Tauti ei koskaan ole ollut minulle vaarallista. Minua on yhtä vaikea tappaa kuin kuleksivaa juutalaista. Minä vakuutan sinulle, Mary, että pääni nyt on ihan selvä, niin että hyvästi voit jättää minut kahdenkesken tohtorin kanssa.

Rouva Heatherstone lähti minusta nähden vastenmielisesti huoneesta, ja minä otin paikan vuoteen vieressä, kuunnellakseni potilaani puhetta.

Niin pian kuin rouva Heatherstone oli sulkenut oven, sanoi kenraali:

"Minä haluan että te tutkitte minun maksani. Siellä on ollut märkäajos, ja meidän rykmenttilääkäri Brodice lausui aina, että se kerran tuottaisi minulle kuoleman. Tuskin se minua kumminkaan on vaivannut sitten kun lähdin Indiasta."

Tehtyäni tarkan tutkimuksen vastasin minä:

"Paikan olen löytänyt, mutta se on imeytynyt pois, niinkuin moisten ajosten usein käy. Luultavasti ei se tule tekemään teille mitään vahinkoa."

Hän ei näyttänyt sen enempää iloitsevan minun ennustuksestani.

"Niin minun aina käy", puhkesi hän synkkänä puhumaan. "Jos jollakin muulla olisi kuumetautia ja hän hourailisi, niin hän varmaankin olisi vaarassa, ja kuitenkin te väitätte ettei minua mikään vaivaa. Katsokaa nyt tätä!"

Hän paljasti rintansa ja näytti minulle umpeen parantuneen, rypistyneen haavan sydämen lähellä.

"Erään vuorelaisen luoti otti tähän", jatkoi hän. "Teistä kyllä tuntunee siltä että se on osunnut oikeaan paikkaan viedäkseen minulta hengen, mutta se luiskahti kylkiluusta sivulle ja meni selästä ulos, lävistämättä keuhkopussia. Oletteko koskaan kuullut kerrottavan mitään sen tapaista?"

"Te olette varmaankin syntynyt onnellisen tähden aikana", huomautin minä hymyillen.

"Se riippuu mielipiteestä ja mausta", vastasi hän ja pudisti päätään. "Kuolema ei minua pelota, jos se tulee tavallisella tavalla, mutta minä tunnustan että ajatus ihmeellisestä tai yliluonnollisesta kuolemasta pelottaa minua."

Hänen huomautuksensa hämmästytti minua, ja minä kysyin:

"Tarkoitatko että pitäisitte luonnollisen kuoleman väkivaltaista parempana?"

"En. Juuri niin en tarkoita. Minä tunnen liiankin hyvin kylmän teräksen ja lyijyn niitä pelätäkseni. Tunnetteko te odyllistä voimaa, herra tohtori?"

"En, semmoista en tunne", vastasin minä ja katsoin häneen terävästi, sillä minä luulin hänen taas rupeavan hourailemaan. Mutta hänen katseensa osotti järkeä, ja kuumeen puna oli kadonnut hänen poskiltaan.

"Te länsimaiset tiedemiehet olette monessa suhteessa aikaanne jälellä", huomautti hän. "Kaikessa mikä on aineellista ja tulee ruumiin hyväksi olette te kaikkia muita edellä, mutta mitä tulee luonnon sisäisiin voimiin ja siihen uinailevaan kykyyn, jota ihmishenki käskee, ovat teidän suurimmat miehet paljoa lähempänä halvintakin indialaista vedenkantajaa. Lukemattomat lihansyöjäin ja mukavuutta rakastavien esi-isien sukupolvet ovat antaneet eläimellisille vieteillemme vallan hallita henkisiä kykyjämme. Ruumis, jonka ainoastaan tulisi olla hengen työase, on alennettu vankilaksi, jossa henki on teljettynä. Itämaalaisten sielut ja ruumiit eivät ole yhtyneet niinkuin meidän, ja ne eroavat kuolemassa toisistaan paljon helpommin kuin meidän.

"Arvattavasti heistä ei ole suurtakaan hyötyä tästä elimistönsä omituisuudesta", huomautin minä.

"Heillä on tieto, joka melkoisesti voittaa meidän omistettavissa olevan tiedon", vastasi kenraali. "Jos matkustatte Indiaan, saatte luultavasti pian nähdä taidenäytännön, joka tehdään mangopuulla, ja jonka moni hindulainen tuntee. Luonnollisesti olette kuullut siitä puhuttavan. Mies, jolla on tekemistä asiassa, istuttaa mangopuun siemenen ja käyttelee vähän käsiään. Sen jälkeen pistää esiin oras, lehdet ja hedelmä – kaikki tämä puolen tunnin kuluessa. Tämä ei kumminkaan ole taidenäytäntö, vaan se saadaan aikaan voimalla. Nämä miehet tietävät enemmän luonnon salaisuuksista kuin sekä Tyndall että Huxley ja voivat jouduttaa tai viivyttää sen kehityskulkua salaisilla välineillä, joista ei meillä ole aavistustakaan. Nämä niin sanotut manaajat, jotka ovat alhaista syntyperää, ovat vaan hutiluksia verrattuina niihin miehiin, joilla on korkeampi suunnitelma, niinkuin veljekset Ragi-Zog, jotka tiedoissa ovat paljoa etevämmät meitä kuin me hottentotteja ja patagonialaisia.

"Te puhutte niinkuin tuntisitte heidät", huomautin minä.

"Onnettomuudekseni minä tunnen heidät", vastasi hän. "Minä olen joutunut tekemisiin heidän kanssaan tavalla, jota toivon ei kenenkään muun raukan ennen minua koettaneen. Mutta mitä odylliseen voimaan tulee, tulisi teidän ottaa sillä selko, koska sillä on suuri tulevaisuus lääketieteen alalla. Teidän tulee lukea Reichenbachin kirjaa, joka koskee magnetismin ja elinvoiman tutkimuksia. Nämä, Mesmerin 27 mietelmää ja tohtori Justinus Kernerin teokset kehittävät aatteitanne."

Minä en tuntenut hänen ehdotuksensa miellyttävän itseäni ja nousin hiljaa sanoakseni hänelle jäähyväiset. Vielä kerran koettelin hänen valtasuontaan ja huomasin että hän oli täysin vapaa kuumeesta. Minä käänsin kasvoni häneen, lausuakseni hänelle tyytyväisyyteni. Samassa ojensin käteni ottaakseni käsineeni pöydältä, mutta sillä seurauksella että jouduin kohottamaan liinavaatetta, joka peitti pöydän keskellä olevan esineen.

Minä en olisi asiaa sen pitemmältä ajatellut, jos en olisi nähnyt sairaan kasvojen synkistyvän ja kuullut hänen päästävän kärsimättömyyden huudahdusta. Heti käännyin minä ja panin huivin paikoilleen niin pian etten voinut nähdä mitä sen alla oli. Ainoa havainto minkä tein, oli se, että esine oli hääleivoksen näköinen.

"Ei se mitään tee, tohtori", puhkesi kenraali sävyisästi puhumaan, kun hän huomasi että vahinko oli kokonaan tilapäinen. "Ei minulla vastaan, vaikka te näette sen."

Hän ojensi kätensä ja otti pois peiton. Minä näin silloin, että se minkä olin luullut hääleivokseksi, itse asiassa olikin hyvin tehty vuorenselänteen malli, jonka lumipeitteiset huiput syvästi muistuttivat niitä torneja ja harjanteita, jotka sokurileipoja tekee makeisiin.

"Tämä on osa Himalajaa", lausui hän, "ja siinä näemme tärkeimmät Indian ja Afghanistanin välisen solat. Malli on oivallinen. Tähän seutuun liittyy minun erityinen huomioni, sillä minä olen täällä ollut ensi kertaa tulessa. Tuo on Kalabughin ja Thul-laaksoa vastapäätä oleva sola, jossa minun kesällä 1841 piti suojella kuormastoa. Se ei ollut mitään laiskan tehtävää, saan sanoa."

Minä näytin solan toisella puolella olevaan verenpunaista pilkkaa ja kysyin:

"Tämä pilkku kai merkitsee että siinä paikassa on ollut taistelu, johon te olette ottanut osaa?"

"Niin, siellä oli meillä kahakka", vastasi hän, kumartuen eteenpäin ja tarkastellen punaista merkkiä. "Meidän kimppuun hyökkäsivät – – – ."

Samassa silmänräpäyksessä kaatui hän päänalaselleen ikäänkuin hänet olisi luoti lävistänyt, ja hänen kasvoistaan kuvastuivat samat kauhun eleet kuin minun huoneeseen astuessani. Ja samana hetkenä kuului ilmasta hänen vuoteensa kohdalta kimakan helisevä ääni, jota suunnilleen voin verrata polkupyörän hälytyskellon sointiin. Koskaan en ole ennen enkä jälkeenpäin kuullut ääntä, joka täydelleen olisi tuon äänen kaltainen. Minä kurkistelin ympärilleni ihmetellen mistä ääni tulisi, mutta en voinut keksiä sen syytä.

Pakollisesti hymyillen sanoi kenraali:

"Ei siinä ole mitään merkillistä, herra tohtori. Se on vaan minun yksityinen malmirumpuni. Lienee parasta että menette alas ruokasaliin. Siellä voitte kirjoittaa rohtomääräyksen."

Oli päivän selvää että hän tahtoi päästä minusta vapaaksi. Minun oli siis pakko sanoa jäähyväiset, vaikka mielelläni olisin viipynyt vähän kauemmin toivossa saada selville tuon salaperäisen äänen syy.

Ollessani paluumatkalla linnasta päätin minä piakkoin käydä uudestaan tapaamassa huomioa ansaitsevaa potilastani, saadakseni tietää mitä hänelle oli tapahtunut ennen ja nyt. Minä tunsin siis suurta pettymystä kun samana iltana sain kenraalilta kirjeen, jossa tämä ilmoitti että minun käsittelyni oli tehnyt häneen niin hyvän vaikutuksen, ettei hän enää tarvinnut minun apuani ja että hän toivoi minun tyytyvän siihen palkkioon, jonka kirje sisälsi.

Tämä oli viimeinen tieto minkä sain Cloomber Hallin asukkailta.

Useammat meidän naapurit ja muutkin, joitten huomiota asia on herättänyt, ovat usein kysyneet, oliko kenraali täydessä järjessään. Arvelematta vastasin minä myöntävästi. Häneen puheestaan ymmärsin, että hän oli sekä lukenut että miettinyt.

Mutta hänen ruumiinrakennuksensa oli heikontunut, ja saattoi milloin tahansa pelätä onnettomuuden kohtausta.

X Kirje, joka tuli linnasta

Valaistuani kertomusta antamalla puhevuoron muillekin henkilöille, tahdon nyt kertoa omia havaintojani.

Minä lopetin kertomalla Rufus Smithin tulosta. Tohtori Easterling oli käynyt linnassa kolme viikkoa sitten, ehkäpä vähää aikaisemminkin. Tähän kertomukseni aikaan olin minä kovin levoton, sillä en ollut nähnyt Gabriellaa enkä hänen veljeään sen koommin kuin sinä päivänä, jolloin kenraali aidan vieressä yllätti minut ja kihlattuni. Minä pelkäsin että veli ja sisar oli teljetty huoneisiinsa, ja sisareni oli samaa mieltä.

Me tunsimme siis melkoista huojennusta, kun paria päivää viime keskusteluni jälkeen kenraalin kanssa saimme kirjeen Mordaunt Heatherstonelta. Kirjeen jätti meille pieni kalastajapaikalta oleva rääsyinen poika, joka kertoi saaneensa sen linnan portin edustalla eräältä vanhalta naiselta – arvattavasti Cloomberin keittäjättäreltä.

"Rakkaimmat muistoni", kirjoitti hän, "Gabriella ja minä olemme kovin suruissamme siitä ettemme ole saaneet ilmoittaa teille mitään. Asianlaita on se että meidät pakotetaan pysymään sisällä. Ja tämä pakko ei ole voimaperäistä vaan siveellistä laatua. Isä parkamme, joka tulee yhä heikkohermoisemmaksi, jota enemmän aika joutuu, on kehottanut meitä pysymään sisällä lokakuun viidenteen päivään. Häntä tyynnyttääksemme lupasimme me täyttää hänen toivomuksensa.

Ja hän on puolestaan luvannut että me viidennen päivän jälkeen – se on viikon kuluttua – pääsemme yhtä vapaiksi kuin ilma ja saamme tulla ja mennä mielemme mukaan.

Gabriella on minulle kertonut teille puhuneensa, että isämme lokakuun viidennen päivän mentyä on muuttunut mies. Mutta tänä vuonna näyttää siltä että hänellä on suurempi syy kuin muulloin huolehtia onnettomasta perheestään, sillä minä en ole koskaan ennen nähnyt hänen käyttävän niin monta varovaisuuskeinoa kuin nyt.

Joka nyt katselee hänen köyryistä vartaloaan ja vapisevia käsiään, ei voi käsittää että hän on sama mies, joka muutama vuosi sitten jalkaisin pyysi tiikereitä Tarain lähellä olevassa ruoikossa ja nauroi varovaisemmille metsästäjille, jotka etsivät suojaa niistä pikkuhuoneista, joita norsut kantoivat selässään. Te tiedätte että hän voitti viktoriaristin Delhin läheisessä tappelussa, ja kumminkin vapisee hän kauhistuksesta, kun kuulee pienimmänkin melun, vaikka hän asuu maailman mitä rauhallisimmassa seudussa.

Muista, West, mitä jo olen sinulle sanonut, ettei vaara suinkaan ole kuvittelua. Päinvastoin on se kovin uhkaavaa laatua. Se on kuitenkin luonteeltaan semmoista, ettei sitä voida välttää eikä myöskään selvin sanoin lausua.

Jos kaikki käy hyvin, niin saatte tavata meidät kuudentena päivänä Branksomessa.

Sydämellisesti teitä molempia tervehtien, olen minä aina teidän uskollinen.

Mordaunt.

Tämä kirje tyynnytti meitä jossakin määrin. Kuitenkin vaivasi meitä sanomattomasti se seikka, ettemme voineet ymmärtää emmekä torjua sitä vaaraa, joka uhkasi ystäviämme, ja vähintäinkin viisikymmentä kertaa päivässä me puhuimme siitä.

Viimein me väsyimme kaikkiin näihin turhiin mietiskelyihin ja lohdutimme itseämme sillä, että vaara muutaman päivän kuluessa olisi vältetty. Me pelkäsimme että nämä päivät kuluisivat hitaasti, mutta sattuipa tapaus, joka antoi levottomalle mielellemme uuden ajatussuunnan.

XI HAAKSIRIKKO

Lokakuu alkoi säteilevällä auringolla ja pilvettömällä taivaalla. Aamulla puhalsi navakka tuuli, mutta myöhemmin päivällä oli ihan tyven. Aurinko paistoi polttavan kuumasti, ja aholle rupesi nousemaan usvaa, joka esti kanaalin tuolla puolella olevat Irlannin vuoret näkymästä. Suurina ja raskaina vierähtelivät aallot kalliorannikkoa vastaan. Kokemattomasta silmästä oli kaikki tyyntä ja rauhallista, mutta niistä, jotka ymmärtävät luonnon viittauksia, oli selvää että ilma, taivas ja meri ennustivat myrskyä.

Minä lähdin sisareni kanssa iltapäivällä käyskentelemään ja me menimme sille mereen pistävälle hietasärkälle, jonka toisella kupeella on Lucelahti ja toisella Kirkmaidenin satamansuu, jonka rannoilla Branksomen maatilat sijaitsevat. Oli liian lämmin meidän voidaksemme tehdä pitempää kävelymatkaa. Me istuudimme eräälle hiekkakunnaalle, joka oli saraheinän peittämä.

Lepomme keskeytti kuitenkin pian askelten töminä, joka tuli yhä lähemmäksi meitä, ja Jameison, se vanha mies, josta jo olen puhunut, lähestyi meitä selässä semmoinen haavi, jolla katkorappoja pyydetään. Hän lähestyi suoraa päätä meitä ja sanoi tavallisella oikosuoralla tavallaan, että hän toivoi meidän ei panevan pahaksemme, jos hän lähettäisi meille muutamia katkorappoja illalliseksemme.

"Noita eläimiä on niin helppo pyytää juuri ennen myrskyn tuloa", hän lisäsi.

"Luuletteko että myrsky on tulossa", kysyin minä.

"Kyllä sen voi merisotilaskin nähdä", vastasi hän pistäen suuren tupakkapurun suuhunsa. "Cloomberia ympäröitsevä aho on ihan valkea kalalokeista. Ne tulevat rannalle suojellakseen sulkiaan myrskyltä. Minä muistan päivän, joka oli ihan tämän päivän kaltainen, jolloin olin Charlie-Napier-laivalla Kronstadtin edustalla. Myrsky tempasi meidät linnoitukseen tykkien eteen."

"Tapahtuuko haaksirikkoja näillä seuduilla", kysyin minä.

"Valitettavasti kyllä herra, tämä paikka on laajasti tunnettu monista haaksirikoistaan. Jos vesi tässä ympäristöllä voisi kertoa oman historiansa, paljastaisi se monenmoisia asioita. Ja kun tuomiopäivä tulee, nousevat aallot korkealle, jolloin ne heittävät maalle ne lukemattomat ihmiset, jotka makaavat tuolla pohjassa."

"Minä toivon ettei haaksirikkoa tapahtuisi meidän täällä ollessa", sanoi Ester painavasti.

Vanha mies pudisti harmaata päätään ja katsoi miettivästi usvaista taivaanrantaa. Viimein hän sanoi:

"Jos tuuli tulee lännestä, on kyllä vaara tarjona. Katsokaa tuota laivaa! Minä luulen että kapteeni iloitsee sydämestään, kun hän pääsee turvalliseen Clydeen."

"Näyttää siltä kuin se seisoisi ihan liikkumattomana", huomautin minä, katsellen tuota suurta laivanrunkoa. "Kentiesi me sittenkin erehdymme myrskyn suhteen."

Vanha mies nauroi täyttä kurkkua ja lähti käydä luhnus-
tamaan katkorappohaavi kädessään. Sisareni ja minä kävimme
verkalleen kotia päin.

Vähää myöhemmin menin minä isäni työhuoneesen saa-
dakseni tietää, olisiko minulla jotakin tehtävää, sillä vanhus oli
kiintynyt erään uuden kirjateoksen kääntämiseen, joka käsitteli
itämaista kirjallisuutta, ja minun täytyi sillä aikaa yksin hoitaa
ja pitää huolta koko maatilasta.

Hän istui suuren neliskulmaisen pöydän ääressä kirjas-
tossaan. Hänellä oli edessään semmoinen läjä kirjoja ja pape-
reita, etten minä huoneeseen astuessani nähnyt hänestä muu-
ta kuin muutamia harmaita hiuksenhaivenia. Muut huomattu-
aan hän lausui:

"Rakas poikani, minä olen kovin pahoillani siitä että sinä
niin vähän tunnet sanskritia. Kun minä olin sinun ijässäsi, pu-
huin minä sekä tätä jaloa kieltä että myös tamulin- ja malai-
jinkieltä ja useampia murteita."

"Minä olen todellakin pahoillani, etten ole perinyt isän
hyvää kielipäätä", vastasin minä.

Isäni jatkoi:

"Minä olen alkanut työn, joka, jos sitä vaan jatkettaisiin
polvesta polveen, tekisi West-nimen kuolemattomaksi. Työ ei
ole mitään sen vähempiarvoista kuin että me julkaisemme eng-
lanninkielisen käännöksen Djarmaasta, alkulauseella, joka te-
kee selkoa Brahman opista ennen Sakjamunia. Suurinta ahke-
ruutta käyttämällä voi olla mahdollista että minä ehdin saa-
maan suurimman osan alkulausetta valmiiksi ennenkuin kuo-
len."

"Kuinka pitkä aika työn valmistumiseen tarvitaan?"

Isäni hieroi käsiään ja vastasi:

"Se pienoispainos, joka löytyi Pekingin keisarillisessa kirjastossa, käsittää 825 suurta nidettä. Ja alkulause, jossa puhutaan Rig-vedasta, Sama-vedasta, Jagur-vedasta ja Atharvavedasta, tulee käsittämään vähintään kymmenen nidettä. Jos me nyt kirjoitamme yhden niteen vuodessa, niin voimme otaksua että työ päättyy vuonna 2250. Kahdestoista miespolvi voi siis päättää työn, kun kolmannellatoista on kyllin tekemistä sisällysluettelon laatimisessa.

"Sano minulle, isä, millä jälkeläisemme elävät tuota suurta teosta valmistaessaan", kysyin minä hymyillen.

"Niin tuo kysymys on juuri sinun luonteesi mukainen, Jack", vastasi isäni äreällä äänellä. "Sinussa ei ole vähääkään käytöllisyyttä. Sen sijaan että tarkkuudella kiinnittäisit ajatuksesi minun suunnitelmaani, teet sinä kaikenlaisia järjettömiä vastaväitteitä. Onhan vähempiarvoista huolehtia mitä he syövät ja juovat, kun heillä on niin suuri tehtävä silmämääränään. Minä tahtoisin että sinä nyt menet Fergus Mc Donaldille ja otat selville, tarvitseeko hänen kattonsa peittämistä, ja William Fullerton on kirjoittanut että hänen lypsylehmänsä on tullut kipeäksi. Sinä voit mennä sinne kuulustelemaan asioita."

Ennen lähtöäni silmälasin ilmapuntaria ja näin että se oli melkoisesti laskenut. Vanha merimies oli siis oikeassa selittäessään luonnon merkkejä.

Kun minä illalla kotia palatessani kävin ahon poikki, puhalteli tuuli lyhyinä, voimakkaina sysäyksinä, ja koko läntistä taivaanrantaa peittivät tummat pilvet, joitten pitkät, säännöttömät soikaleet ulottuivat aina keskitaivaalle asti. Valittava ääni nousi mereltä, ikäänkuin se olisi tietänyt vaaran olevan tarjona.

Kaukana kanaalissa näin pienen höyrylaivan joka pyrki matkansa perille Belfastin satamaan, ja suuri laiva, jonka muutama tunti sitten olin huomannut, oli vielä avoimella merellä, koettaen päästä pohjoiseen päin.

Kello 9:ltä tuuli ankarasti, 10:ltä rupesi myrskyämään, ja ennenpuoltayötä raivosi hirmumyrsky rannikolla.

Minä istuin kauan meidän pienessä vierashuoneessa, jonka seinät oli päällystetty tammilaudoilla, ja kuuntelin myrskyn ulvonaa. Luonnon suurelta soittamolta kuului yhdyslaulu, johon sekaantui useampia erilaatuisia ääniä, aina meren kumeasta pauhinasta pienten merilintujen säikähdystä osottaviin ääniin asti. Kerran aukaisin ikkunan, mutta tuuli ja sade löivät huoneesen. Minä riensin niin pian kuin suinkin sulkemaan ikkunan.

Sisareni ja isäni olivat menneet levolle, mutta koska minä en voinut nukkua niin istuin hiilivalkean ääressä ja polttelin tupakkaa.

Minä mietiskelin, mitä nyt tapahtuisi Cloomberin Hallissa, mitä Gabriella ajattelisi myrskystä, ja olisiko vanha kenraali tavallista levottomampana rajuilman johdosta. Nyt oli enää vaan neljä päivää jälellä lokakuun viidenteen päivään. Kentiesi oli hänestä tämä ankara myrsky jossakin yhteydessä siihen salaiseen kohtaloon, joka odotti häntä. Minun ollessa näissä mietteissä sammuivat hehkuvat hiilet vähitellen, ja kun kylmyys yhä eneni, täytyi minunkin kääntyä vuoteelleni.

Minä olin nukkunut ehkä kaksi tuntia, kun äkkiä heräsin siitä, että joku rajusti tempasi minua olkapäästä. Kun minä nousin vuoteessani istumaan, näin huoneessa vallitsevassa hämärässä että isäni puoleksi pukeutuneena seisoi vuoteeni äärressä.

"Nouse, Jack, nouse", huudahti hän mielenjännityksessä. "Tuolla lahdella makaa suuri laiva, ja ihmisparat ovat hukkumaisillaan. Seuraa minua, poikani, ja me koetamme saada selville, mitä voisimme tehdä."

Vanhus oli melkein suunniltaan liikutuksesta ja kärsimättömyydestä.

Minä hypähdin vuoteeltani ja heitin vaatteet ylleni. Silloin kuului laukaus tuulen ulvonnan ja tyrskyjen pauhun läpi.

"Siellä se taas kuuluu", huudahti isäni. "Se on laivan hätämerkki. Jamieson ja kalastajat ovat tuolla alhaalla. Ota sadetakki yllesi. Kiirehdi, joka sekunti on kallis!"

Myrsky ulvoi kuin hornan kuilusta, ja meidän oli vaikea päästä perille. Hiekkaa ja soraa lensi silmiimme, ja meidän oli tukalaa päästä eteenpäin. Oli juuri siksi valoisaa, että saatoimme nähdä kiiltävät pilvet ja valkoharjaiset hyökyaallot. Ympärillämme oli täydellinen pimeys.

Me varjostimme silmiämme käsillä, jos mahdollista saadaksemme jotakin opastusta. Mutta emme voineet mitään nähdä. Minä luulin kuulevani tuskallisia ihmisääniä, mutta en voinut sanoa, miltä suunnalta ne tulivat. Äkisti näkyi valonpilkahdus pauhaavassa myrskyssä, ja seuraavassa silmänräpäyksessä valaisi merkkituli rantaa ja kuohuvaa merta.

Laiva makasi kyljellään kauhean Hanselriutan keskellä. Minä tunsin laivan heti samaksi, jonka olin nähnyt aamupäivällä. Yhdyslippu, joka ylösalaisin käännettynä riippui keskimaston kappaleella, ilmaisi laivan kansallisuuden. Joka masto ja köysi näkyi selvästi sinervänvaalakassa valossa.

Me saatoimme erottaa 10 tai 12 säikähtynyttä merimiestä, jotka merkkivalossa meidät huomattuaan käänsivät ruumiinkalpeat kasvonsa meihin. Nuo kurjat olennot näyttivät saaneen uutta toivoa meidän läsnäolosta, vaikka oli selvää että heidän omat veneensä oli joko myrsky vienyt tai olivat ne muuten kelvottomat heitä maihin kuljettamaan.

Laivalla löytyi muitakin kuin merimiehiä. Peräkannella seisoi kolme miestä, jotka näyttivät olevan kokonaan toista rotua kuin ne kurjat olennot, jotka pyysivät meiltä apua. He näyttivät puhuvan keskenään niin tyynesti ja rauhallisesti kuin he olisivat olleet ihan tietämättömissä siitä hengenvaarasta, jossa olivat. Merkkitulen valossa saatoimme men nähdä että heillä oli punaiset lakit päässä, ja heidän tummat kasvonsa osottivat, että he olivat itämaista syntyperää.

Meillä oli kuitenkin vähä aikaa yksityisseikkojen huomaamiseen. Laiva oli uppoamaisillaan ja meidän täytyi koettaa pelastaa pieni ihmisjoukkio, joka rukoili meiltä apua. Lähin pelastusvene oli Luce-lahdessa, 10 peninkulman päässä tästä. Mutta oma tilava veneemme oli rannalle vedettynä, ja soutajia saisimme kyllä niistä nuorista miehistä, jotka olivat paikalla. Minä menin viiden muun kanssa veneeseen. Toiset vetivät veneen mereen, ja niin me kiikuimme vaahtoisilla, pauhaavilla aalloilla ja ponnistimme kaikki voimamme lähestyäksemme laivaa mahdollisimman lyhyessä ajassa.

Tehtävä näytti meistä kumminkin vaikealta. Minä huomasin kaikkia muita korkeamman jättiläisaallon, joka löi laivaan. Kauhealla räiskeellä repesi se kahtia. Peräpuoli hävisi pimeään syvyyteen, vieden mukanaan nuo kolme itämaalaista, ja keulapuoli huojui avuttomana edestakaisin. Laivalta kuului valitushuuto, johon kaiku vastasi rannalta. Mutta Jumalan avulla pääsimme me perille ja pelastimme koko miehistön. Emme olleet ehtineet puolitiehenkään rannalle päin, kun toinen suuri aalto pyyhkäisi pois keulapuolen ja sammutti merkkitulen.

Rannalla seisovat ystävämme kiittivät meitä lujalla äänellä ja riensivät sitten onnittelemaan ja lohduttamaan haaksirikkoisia. Näitä oli kolmetoista. Kaikki näyttivät jähmettyneiltä ja alakuloisilta paitsi kapteenia, joka esiintyi tyynenä. Muutamat miehet vietiin kalastajamökkeihin, mutta useimmat otimme mukaamme Branksomeen, jossa heille annettiin kuivat vaatteet ja tarjottiin häränpaistia ja olutta.

Kapteeni Meadows tunki tanakan vartalonsa minun vaatteisiini ja tuli sitten isäni ja minun luokseni. Tehtyään itselleen kylmätotiseoksen, rupesi hän meidän kanssa puhumaan tapahtuneesta onnettomuudesta.

"Jos ette te ja teidän urhokkaat miehet olisi tulleet avuksi, niin makaisimme me nyt meren pohjassa", sanoi hän ja hymyili sydämellisesti meille. "Belinda oli vanha laiva, mutta se oli suuresta summasta vakuutettu. Eivät omistajat emmekä me sure sen häviötä."

"Minä pelkään ettemme koskaan saa enää nähdä kolmea matkustajaanne", sanoi isäni murheellisena. "Sen sattuman varalle että aallot heittäisivät heidät rannalle olen minä jättänyt sinne muutamia miehiä. Mutta minä pelkään että asia on hukassa. Kun laiva jakaantui kahtia, näin minä heidän uppoavan, eikä kukaan, joka joutuu semmoiseen kiehuvaan vesipyörteeseen, voi pelastua."

"Keitä he olivat", kysyin minä. "En milloinkaan olisi voinut ajatella että ihmiset näyttäytyisivät niin huolettomilta ollessaan uhkaavassa hengenvaarassa."

"Ei ole niin helppo sanoa, keitä he olivat", sanoi kapteeni ja puhalsi savua piipustaan. "Meidän viimeinen satama oli Kurrachee Indiassa, ja sieltä he tulivat laivaan matkustajina seuratakseen meitä Glasgowiin. Ram Singh oli nuorimman nimi, ja ainoastaan hänen kanssaan olen minä ollut tekemisissä, mutta kaikki he näyttivät olevan hyvin sävyisiä ja vaatimattomia, Minä en koskaan kysynyt heidän matkansa tarkoitusta, vaan luulin että he olivat Heiderabadin kauppiaita ja että he liiketoimiensa tähden matkustivat Eurooppaan. Minä en koskaan voinut ymmärtää miksi miehistö pelkäsi heitä. Vieläpä pelkäsi perämieskin heitä, vaikka hänen olisi pitänyt ymmärtää paremmin."

"Pelkäsivätkö miehet heitä", huudahdin minä hämmästyneenä.

"Kyllä. He luulivat että muukalaisten olo laivalla ennustaisi sen onnettomuutta. Minä en epäile, että jos te tällä hetkellä menette keittiöön, saatte heidän kaikkien olevan yksimielisiä siitä, että matkustajamme ovat syylliset koko onnettomuuteen."

Kapteenin vielä puhuessa avautui ovi ja punapartainen perämies astui huoneeseen. Hän oli saanut lainata vaatteet eräältä hyväntahtoiselta kalastajalta ja esiintyi yersey-takki yllään ja pitkävartiset rasvanahkasaappaat jalassa.

Kiitettyään muutamalla sanalla meitä vierasvaraisuudestamme, vetäsi hän tuolin pöydän ääreen ja lämmitteli auringon polttamia käsiään leimuavan valkean ääressä.

"Mitä te nyt ajattelette, kapteeni Meadows", kysyi hän. "Enkö minä varoittanut ottamasta noita mustanaamoja Belindaan?"

Kapteeni nojautui tuolin selkänojaan ja nauroi sydämestään.

"Kuulkaa, kuulkaa", huudahti hän ja kääntyi meihin.

"Asiassa ei ole mitään naurettavaa", huomautti toinen ärmeällä äänenpainolla. "Minä olen menettänyt kaikki mitä minulla oli ja päälliseksi olin menettämäisilläni vielä henkenikin."

"Luuletteko todellakin että haaksirikkonne aiheutuu noitten onnettomain matkustajain laivalla olosta", kysyin minä.

"Miksi onnettomista", kysyi perämies, avaten silmänsä selälleen.

"Koska he varmaankin ovat kuolleet uppoamalla", vastasin minä.

Hän ähkäsi epäilevästi ja jatkoi käsiensä lämmittämistä lieden ääressä.

Hetkisen kuluttua puhkesi hän puhumaan:

"Semmoiset miehet eivät koskaan kuole uppoamalla. Heidän isänsä perkele ottaa heidät turviinsa. Näittekö, kuinka se seisoivat peräkannella ja pyörittelivät sikaareja? Minä näin heidän menettelynsä ja se vahvisti minun arvosteluni heistä. Minua ei ihmetytä ettette te eivätkä maanmiehenne ymmärrä semmoisia asioita. Mutta tämän kapteenin, joka on ollut merellä pienestä pojasta asti, tulisi tietää että kissa ja pappi ovat pahimmat seuralaiset, mitkä voi saada kanssaan laivalle. Jos kristitty pappi on huono, niin minä uskon että pakanallinen epäjumalanpalvelija on viisikymmentä kertaa pahempi. Minä pysyn vanhassa uskonnossa enkä alistu minkään muun kuin sen tuomittavaksi."

Isäni ja minä rupesimme nauramaan. Mutta perämies ei myöntynyt, vaan kääntyi kapteeniin ja sanoi nuhtelevalla äänenpainolla:

"Jo Kurracheessa, heti kun he olivat laivaan tulleet varoitin minä teitä. Meillä oli kolme indialaista merimiestä palveluksessamme. Mitä nämä tekivät, kun kolme matkustajaamme tulivat laivaan? He lankesivat vatsalleen ja hieroivat neniään laivankanteen – niin he tekivät. He eivät olisi edes amiraalia niin suuresti kunnioittaneet. He tunsivat nuo mustanaamat, ja minä aavistin onnettomuutta heti kun näin heidän makaavan kasvoillaan. Sitten kysyin minä heiltä teidän ollessanne paikalla, kapteeni, miksi he niin tekivät, ja he vastasivat että matkustajat olivat pyhiä miehiä. Tehän kuulitte itse heidän vastauksensa."

"Niin, mutta ei siitä mitään vahinkoa voinut tulla", sanoi kapteeni.

"Pyhin kristitty ihminen on lähimpänä Jumalaa, mutta pyhin mustanaama on minun käsitykseni mukaan lähimpänä perkelettä. Ja te näitte itsekin, kapteeni Meadows, miten he käyttäytyivät matkalla. He lukivat kirjoja, jotka olivat kirjoitettu puulle paperin sijasta, ja he valvoivat yöllä lörpötellen keskenään. Miksi he käyttivät omia keinojaan seurataakseen laivan suuntaa?"

"Sitä eivät he varmaankaan tehneet?"

"Kyllä vaan. Heillä oli omat keinonsa, mutta minä en voi sanoa, koska he niitä käyttivät. Minä näin että heillä oli tieto laivan suunnasta, ja sen näki muonastonhoitajakin."

"Vaikka tämä seikka kuulostaa ihmeelliseltä, en minä kuitenkaan tiedä, mitä te siitä voitte johtaa", huomautti kapteeni.

"Minä kerron teille toisen omituisuuden", sanoi perämies päättävästi. "Tiedättekö, mikä nimi on sillä lahdella, jossa me jouduimme haaksirikkoon?"

"Ystäviltämme olen kuullut, että me olemme Wigtownshiren rannikolla, mutta minä en tiedä lahden nimestä."

Perämies nojautui häneen päin kasvot vakavan näköisinä.

"Sen nimi on Kirkmaiden", vastasi hän.

Jos hän odotti saavansa nähdä kapteenin hämmästyvän, niin ei hän odotuksessaan pettynytkään, sillä Meadows istui muutaman minuutin ihan vaiti. Viimein kääntyi hän meihin ja sanoi:

"Se on todellakin ihmeellistä. Nämä muukalaiset kysyivät meiltä matkan alussa, löytyisikö sen nimistä lahtea. Tämä Hawkins ja minä sanoimme kumpikin ettemme tienneet mitään Kirkmaidenista, sillä kartalla on se luettu Luce-lahteen kuuluvaksi. On omituinen sattumus että myrsky ohjasi meidät tänne häviötä kärsimään."

"Se on liian omituinen voidakseen olla sattumus", sanoi perämies.

"Eilen aamulla, jolloin oli tyven, näin minä heidän seisovan kannella ja näyttävän maata kohden. He tiesivät silloin sangen hyvin, missä nousisivat maihin."

"Sanokaa minulle, Hawkins, mitä johtopäätöksiä te kaikesta tästä teette", kysyi kapteeni levottomat eleet kasvoissaan.

"Minun ajatukseni mukaan ei noiden kolmen lurjuksen ole vaikeampi loihtia esiin myrskyä kuin minun juoda kylmätotini. Heillä oli omat syynsä nousta maihin tällä kirotulla paikalla ja he käyttivät sitä keinoa, joka heistä oli pikaisin ja mukavin, ajautua tänne myrskyn mukana. Tämä on minun ajatukseni asiasta, vaikka en voi käsittää, mitä tehtävää noilla kolmella buddalaispapilla on tällä seudulla."

Isäni kohotti kulmakarvojaan osottaakseen epäilystään, jota ei hän isäntänä tahtonut sanoin lausua.

"Minusta tuntuu että te, herrani, tarvitsette lepoa tuon kauhean seikkailun jälkeen. Minä seuraan teitä huoneeseenne."

Hän johdatti heidät vanhanaikaisella kohtelijaisuudella talon isännän hienoimpaan vierashuoneeseen. Sitten palasi hän minun luokseni ja ehdotti että menisimme rantaan ottamaan selvää, olisiko mitään uutta tapahtunut.

Päivä sarasti idässä, kun me toisen kerran olimme matkalla rantaan. Myrsky oli asettunut, mutta aallot vierivät korkeina. Pitkin rantaa oli kalastajia ja talollisia pelastustyössä. Ei kukaan heistä ollut nähnyt onnettomien ruumiita, ja he sanoivat ettei maihin voinut ajautua mikään muu kuin veden pinnalla pysyvä tavara, sillä vedenalainen virta oli niin voimakas, että kaikki mitä löytyi pinnan alla ajautui ulapalle.

Minun esitykseni että noitten kolme matkustajan olisi on-

nistunut päästä maihin selittivät kalastajat mahdottomuudek-
si.

"Me olemme tehneet voitavamme", sanoi isäni surullise-
na, kun olimme paluumatkalla. "Minä pelkään että perämies-
parka oli hieman väännähtänyt kauhistuksesta. Kuulitko mitä
hän sanoi, että hindulaiset papit voisivat loihtia esiin myrs-
kyn?"

"Kuulin kyllä."

"Häntä kuuleminen oli tuskastuttavaa", jatkoi isäni. "Mi-
nä arvelen, enkö saisi panna sinappitaikinaa hänen korvainsa
taakse. Semmoinen rohtoileminen estäisi veren tulvaamasta
aivoihin. Minulla on muutamia oivallisia pillereitä käytettävä-
nä, kun sappi on saanut vikaa. Kentiesi tulee minun antaakin
hänelle pari semmoista. Voinhan minä herättää hänet heti kun
tulemme kotia. Mitä sinä arvelet, Jack?"

"Minä arvelen", vastasin minä haukotellen, "että isäni
tulee mennä levolle ja antaa hänen olla rauhassa. Anna hänelle
pillereitä sen sijaan aamulla, jos hän silloin niitä tarvitsee."

Näin sanottuani menin minä omaan huoneeseeni, heit-
täydyin vuoteelle ja olin pian vaipunut sikeään uneen.

XII Muukalaiset

Minä heräsin vasta sydänpäivällä. Kultainen valovirta tulvi huoneeseeni ja sai minut melkein uskomaan että edellisen yön tapahtumat olivat olleet ainoastaan unelmia. Vieno tuuli suhahteli murateissa, jotka kiemurtelivat ikkunani ympäri, ja oli vaikea uskoa että tuo suhina oli saman elementin aiheuttama, joka edellisenä yönä pani huoneen vapisemaan. Tuntui siltä kuin luonto olisi katunut raivoaan ja tahtoisi nyt tehdä parannuksen antamalla lämpöä ja auringonpaistetta. Ja linnut osottivat iloisella viserryksellään, kuinka tyytyväisiä ne olivat muutokseen.

Alhaalla eteisessä istui muutamia haaksirikkoutuneita merimiehiä, jotka nyt olivat saaneet takaisin eloisan ulkomuotonsa. He kokoontuivat minun ympärilleni ja rupesivat heti puhumaan siitä kiitollisuudesta, jota he tunsivat. Oli ryhdytty toimenpiteisiin heidän kyyditsemiseksi Wigtowniin, josta he pikajunalla saisivat jatkaa matkaansa Glasgowiin, ja isäni oli antanut käskyn että jokaiselle heistä annettaisiin voileipiä ja koviksikeitettyjä munia sisältävä kääre.

Kapteeni Meadows kiitti meitä laivanomistajain nimessä lämpimästi siitä tavasta, jolla me olimme kohdelleet haaksirikkoisia, ja hänen miehensä lausuivat meille kolminkertaisen hurraahuudon. Kun olimme syöneet aamijaista, seurasivat hän ja perämies meitä rantaan vielä kerran käydäksemme onnettomuuspaikalla.

Aallot eivät enää olleet niin korkeita kuin varhain aamulla, mutta ne vierivät rantaa vasten valittavalla loiskeella, joka vivahti nyyhkytykseen. Isomasto pisti vedestä noin kaapelin mitan matkalla rannasta, mutta katosi tuon tuostakin aaltoihin. Astioita, tynnyreitä ja osa puutavaraa oli rannalle ajautuneena. Minä huomasin pari merilintua leijailevan sillä paikalla, jossa laiva oli uponnut, ikäänkuin ne olisivat nähneet monta merkillistä kalua merenpohjalla. Toisinaan kuulimme niitten käheän ja karkean äänen, kun ne toisilleen ilmoittivat näkemiään.

"Laiva oli kurja ja vanha", puhkesi kapteeni puhumaan ja katsoi surullisena ulapalle päin. "Mutta kuitenkin tunnemme kaipuuta katsellessamme sen laivan jätteitä, laivan, jolla olemme kulkeneet. Mutta nyt ei sovi enempää siitä huolehtia. Laiva oli kaikessa tapauksessa kelvoton ja olisi pian hakattu polttopuuksi myytäväksi."

"Täällä näyttää niin tyyneltä ja rauhalliselta", huomautin minä. "Kukapa voi ajatella että kolme miestä tällä paikalla menetti henkensä luonnonvoimain raivotessa!"

"Miesparat", puhkesi kapteeni tunteekkaasti puhumaan. "Jos heidän ruumiinsa meidän lähdettyämme ajautuvat rantaan, niin minä toivon että ne haudataan kunniallisesti."

Minä aioin juuri vastata, kun perämies pyrskähti täyttä kurkkua nauramaan ja löi reiteensä.

"Jos tahdotte heidät haudata", sanoi hän, "niin on parasta kiirehtiä ennen kuin he jatkavat matkaansa. Tehän muistanette, mitä minä sanoin teille yöllä? Katsokaa nyt tuonne kummulle ja sanokaa sitten minulle, olinko minä oikeassa vai väärässä."

Jonkun matkan päässä rannalta oli korkea hiekkakumpu,

ja tämän huipulla seisoi ihmisolento, joka oli herattänyt perämiehen huomioa. Kun kapteeni nyt katsoi samaan suuntaan, nosti hän kätensä hämmästyksestä.

"Se on Ram Singh omassa persoonassaan", huudahti hän. "Menkäämme tavoittamaan häntä!"

Näin sanoessaan rupesi hän juoksemaan. Hänen kintereillään seurasimme minä, perämies ja muutamia kalastajia, jotka myös olivat huomanneet muukalaisen.

Hindulainen, joka näki meidän tulevan astui alas tähystyspaikaltaan ja lähti vakavana, pää rinnalle painuneena käymään meitä vastaan.

Minä melkein häpesin ala-arvoiselta tuntuvaa kiirettäni, kun vertasin hänen tyyneen, arvokkaaseen käytökseensä, ja kun silmäni tapasivat hänen miettivistä, tummista silmistään lähtevän katseen, kun hän syvään kumartaen tervehti lähestyessään meitä. Me seisoimme kuin koulupojat opettajansa edessä.

Muukalainen teki minuun yhä suuremman vaikutuksen, kun minä tarkastin hänen sileää, leveää otsaansa, hänen tutkivaa katsettaan ja tunteekasta suutaan. Minä en koskaan ennen ole nähnyt ihmiskasvoja, jotka niinkuin hänen samalla kerralla ilmaisevat lävitse tunkevaa tyyneyttä ja itsetietoisuutta siitä että hänessä piili salainen voima.

Hänellä oli yllään ruskea samettitakki, jalassa tummat avarat housut, takin alla poimuiltu paita ja päässä punainen lakki, jonka jo edellisenä yönä olin huomannut.

Kun me lähestyimme häntä, huomasin minä hämmästykseni ettei yhdessäkään näissä vaatekappaleissa näkynyt kastumisen tai tuon kauhean seikkailuyön jättämiä ränsistymisen merkkiä.

Hän katsoi kapteeniin ja perämieheen ja sanoi miellyttävällä äänellä:

"Minä näen ettei kylpy ole teitä haitannut, ja toivon että koko väkenne on joutunut hyviin käsiin."

"Me olemme kaikki turvassa", vastasi kapteeni. "Mutta me luulimme että te olisitte hukkuneet – te ja ystävänne. Minä pyysin äsken herra Westin pitämään huolta hautauksestanne."

Muukalainen katsoi minuun ja hymyili.

"Tällä kertaa emme tahdo vaivata herra Westiä sillä tehtävällä", lausui hän. "Me kaikki kolme olemme päässeet onnellisesti maihin ja saaneet suojaa eräässä mökissä, joka on peninkulman matkan päässä rannasta. Siellä on yksinäistä, mutta me voimme saada kaikkea mitä tarvitsemme."

"Me aiomme mennä Glasgowiin", sanoi kapteeni. "Minä iloitsen, jos te seuraatte meitä. Jos ette ole ennen olleet Englannissa, tuntunee teistä vaikealta matkustaa yksin."

"Me olemme hyvin kiitollisia teidän huolenpidosta, mutta emme voi käyttää hyväksemme teidän ystävällistä tarjousta", vastasi Ram Singh. "Koska luonto itse on ajanut meidät tänne, tahdomme täällä vähän viivähtää ja katsella ympärillemme ennen kuin jatkamme matkaamme."

"Tehkää niinkuin parhaaksi näette", vastasi kapteeni olkapäitään kohottaen. "Minä en usko että te löydätte mitään miellyttävää tällä rumalla seudulla."

"Hyvin mahdollista", vastasi Ram Singh hymyillen. "Tehän olette lukenut mitä Milton kirjoittaa:

Henki ei sijaa kaipaa, hän itsestään luoda voi.

Taivaasta helvetin ja helvetistä taivaan.

Mutta minä kyllä uskon että me täällä voimme viettää muutamia hauskoja hetkiä, ja mahdollista myös on tämä seutu meitä huvittaakin. Eikö tämä nuori mies ole sen miehen poika, miehen, jota Indian bramiinit kunnioittavat hänen oppinsa tähden, ja jonka nimi on James Hunter West?"

"Kyllä, isäni on todellakin tunnettu sanskrit-kielen taidostaan", vastasin minä hämmästyneenä.

"Semmoisen miehen läsnäolo muuttaa erämaan kaupungiksi", huomautti muukalainen hitaasti. "Viisaan miehen merkitys sivistykselle on paljoa suurempi kuin peninkulman pituiset alat muurisavea ja tiiltä. Isänne on tuskin niin syvämietteinen kuin herra William Jones tai niin yleiskäsitteinen kuin parooni von Hommer Purgstall, mutta hän yhdistää itseensä monialta heidän eteviä ominaisuuksiaan. Te voitte kumminkin minun puolestani tervehtiä häntä ja sanoa että hän on erehtynyt siinä suhteessa että on luullut löytäneensä yhdenmukaisuutta samojeedin- ja tamulinkielten sanamuodostuksessa."

"Jos te kunnioitatte meidän paikkakuntaa viipymällä täällä jonkun ajan, on isäni pahoillaan, jos ette käy häntä tapaamassa", vastasin minä. "Hän edustaa kartanonherraa tällä paikalla, ja te tiedätte hyvin, että talonhoitajan etuoikeutena skotlantilaisen tavan mukaan on vierastaa hänen läheisyydessään oleskelevia arvokkaita vieraita."

Minä esitin kutsumukseni, vaikka perämies varoitukseksi nykäsi minua käsivarresta. Hänen pelkonsa oli kuitenkin tarpeetonta, sillä muukalainen pudisti päätään merkiksi, että hänen oli mahdoton ottaa vastaan minun vieraanvaraista tarjoustani.

"Ystäväni ja minä olemme teille hyvin kiitollisia", vastasi hän, "mutta meillä on omat syymme jäädä sinne missä nyt olemme. Maja, jossa asumme, on autio ja osaksi rappeutunut, mutta me itämaalaiset olemme tottuneet olemaan vailla moniaita elämän mukavuuksia, joita pidetään välttämättömän tarpeellisina Euroopassa, ja me uskomme lujasti sen aksioomin (yleishyväksymän) viisauteen, joka väittää että mies on rikas suhteessa siihen mitä ilman hän voi olla eikä suhteessa maailmallisin aarteisiinsa. Eräs kalastaja hankkii meille leipää ja vihanneksia, ja me olemme saaneet kuivia heiniä, joilla makaamme. Mitä enempää viisas mies toivoisi saavansa!"

"Mutta te palelette yöllä, sillä te olette tottuneet lämpimämpään ilmanalaan", väitti kapteeni.

"Onhan mahdollista että ruumiimme toisinaan ovat kylmät. Emme ole asiaa tarkastaneet. Me kaikki kolme olemme viettäneet monta vuotta Himalajan lumiseuduilla emmekä siis ole ensinkään arkaluontoisia."

"Kaikessa tapauksessa täytyy teidän sallia minun lähettää teille kalaa ja lihaa meidän ruoka-aitasta."

"Emme ole kristityitä vaan korkeamman kastin buddalaisia", vastasi hän. "Meistä ei ihmisellä ole oikeutta tappaa eläimiä ja syödä niitä. Hän ei ole lahjoittanut niille henkeä eikä ole myöskään saanut kaikkivaltijaalta käskyä ottaa niitten henkeä muulloin kuin suurimman välttämättömyyden pakosta. Emme siis voisi käyttää hyväksemme teidän lahjaa."

"Mutta jos te tässä kovassa ilmanalassa kieltäydytte nauttimasta voimakkaampaa ruokaa, niin te pian sairastutte – ehkäpä kuolettekin."

"Siinä tapauksessa kuolkaamme", vastasi hän suloisesti hymyillen. Sitten hän kääntyi kapteeniin ja jatkoi:

"Nyt, kapteeni Meadows, sanon minä jäähyväiset ja kiitän teitä kaikesta hyvyydestä, jota osotitte meille matkalla. Ja teillekin herra Hawkins, sanon jäähyväiset. Te kuletatte omaa laivaanne ennenkuin vuosi on ummessa. Minä toivon saavani nähdä teidät, herra West, ennen kuin poistun tältä seudulta. Hyvästi!"

Hän nosti miellyttävästi punaista lakkiaan ja poistui samaan suuntaan, josta oli tullutkin.

Kun me olimme kotia päin menossa, sanoi kapteeni perämiehelle:

"Minä onnittelen teitä, herra Hawkins. Teistä tulee kapteeni ennenkuin vuosi on lopussa."

"Siitä ei minulla ole vähintäkään toivoa, mutta eipä tiedä kuinka voi käydä. Mitä te, herra West, hänestä ajattelette?"

"Hän miellyttää minua mitä suurimmassa määrässä. Niin nuoreksi mieheksi on hänellä tavattoman arvokas ja ylevä käytös. Minä arvelen että hän on korkeintaan kolmenkymmenen vuoden ikäinen."

"Neljänkymmenen", huomautti perämies.

"Kuudenkymmenen yhtä varmasti kuin hän on yhden päivänkin vanha", sanoi kapteeni Meadows. "Minä olen kuullut hänen asiantuntevaisuudella puhuvan ensimmäisestä afghanilaissodasta. Sitä sotaa käytäessä oli hän mies, ja lähes neljäkymmentä vuotta on siitä kulunut."

"Niin ihmeellistä", huudahdin minä. "Hänen ihonsa on sileä ja silmänsä yhtä nuorekkaat kuin minunkin. Hän on luultavasti etevin noista kolmesta."

"Alin järjestyksessä", vastasi kapteeni. "Siitäpä syystä puhuukin hän aina heidän sijassaan. Heidän henkensä ovat niin ylevät etteivät tahdo alistua puhumaan maailmallisista asioista."

"Tämä on ihmeellisintä romutavaraa mitä koskaan on tälle rannalle ajautunut", huudahdin minä ja lisäsin: "Isäni ihastuu suuresti heihin."

"Minä luulen että jota vähemmin teillä on heidän kanssaan tekemistä, sitä parempi teille itsellenne", sanoi perämies. "Minä voin teille vakuuttaa, että kun saan oman laivan, en koskaan ota kuormaksi sitä laatua olevaa tavaraa, en ainoatakaan mustaa. Mutta nyt me olemme perillä talossa, ja minä näen että kaikki on järjestetty meidän lähtöä varten."

Vaunut pysähtyivät oven edustalle. Merimiehet istuivat jo paikoillaan. Parhaat paikat ajajan kummallakin puolella oli jätetty seuralaisilleni. Haaksirikkoiset hurrasivat meille ennen lähtöään. Isämme, Ester ja minä liehutimme heille nenäliinoja, kunnes he matkalla Wigtownin rautatieasemalle olivat kadonneet Cloomberin metsien taakse.

XIII MINÄ SAAN NÄHDÄ MITÄ EI MONI ENNEN MINUA OLE NÄHNYT

Puolipäivän aikaan samana päivänä kerroin minä isälleni uutisen kolmen buddalaispapin tulosta, ja niinkuin olin odottanutkin, herätti kertomukseni suuressa määrässä isäni huomiota. Mutta kun hän kuuli että Ram Singh oli ylistänyt häntä kuuluisaksi kielimieheksi, innostui hän niin että Ester ja minä saimme panna liikkeelle kaiken kehoituskykymme estääksemme häntä heti lähtemästä heitä hakemaan. Me olimme kovin tyytyväisinä ja mielihyvillämme, kun meidän onnistui vetää häneltä saappaat jalasta ja viedä hänet makuukamariinsa, sillä hän oli suuressa levon tarpeessa ja väsyneenä edellisen yön tapahtumista.

Iso käytävänovi oli vielä auki. Minä olin ottanut paikkani eteisessä ja katsoin ulos pimeyteen, kun sisareni yhtäkkiä istuutui viereeni ja laski kätensä minun käteeni.

"Eikö sinusta, Jack", sanoi hän lempeällä äänellään, "tunnu siltä että unohdamme Cloomberissa olevat ystävämme? Eikö kaikki se uusi mikä on tapahtunut, ole karkoittanut heitä meidän ajatuksista?"

"Mahdollisesti ajatuksistamme mutta ei sydämistämme", vastasin minä nauraen. "Minä menen sinne varhain aamulla ja koetan saada tavata jonkun heistä. Niin, se on totta. Huomennahan on tuo onneton lokakuun viides päivä! Ylihuomenna saamme siis taas ruveta rauhoittumaan."

"Tai tulemme vaan levottomammiksi", sanoi sisareni alakuloisena.

"Miksi sinä olet semmoinen onnettomuuden ennustajatar? Mikä sinua vaivaa", huudahdin minä.

"Minä tunnen olevani niin levoton ja ahdistettu", vastasi hän ja siirtyi likemmäksi minua. "Minusta tuntuu siltä kuin kauhea vaara uhkaisi rakastettujamme. Miksi ovat nuo muukalaiset jääneet meidän rannikolle?"

"Buddalaisetko", kysyin minä. "Noilla ihmisillä on kaikenmoisia juhlia ja uskonnollisia muototapoja, joita heidän täytyy noudattaa. Sinä voit olla vakuutettu siitä että heillä on hyviä syitä viipyä."

"Eikö sinun mielestäsi", jatkoi Ester salaperäisesti kuiskaten, "se seikka että nämä indialaiset papit juuri nyt tulevat tänne ole ihmeellinen sattuma? Etkö sinä ole ymmärtänyt kaikesta siitä mitä kenraalista olet kuullut, että hänen pelkonsa keskittyy Indiaan ja hindulaisiin?"

Hänen huomautuksensa pani minut miettimään.

"Kun sinä nyt huomautat siitä", vastasin minä, "muistan himmeästi, että salaisuus kohdistuu johonkin Indiassa sattuneeseen tapahtumaan. Mutta kuitenkin olen vakuutettu siitä että pelkosi häviää, jos saat nähdä Ram Singhin. Hän kauhistui ajatellessaan että me tappaisimme lampaan tai kalan antaaksemme hänelle lahjan. Hän olisi tahtonut mieluimmin kuolla kuin osaltaan vaikuttaa siihen että eläin menettäisi henkensä."

"Minun on hyvin tyhmää olla niin levottomana", sanoi sisareni. "Yksi asia täytyy sinun kumminkin minulle luvata, Jack. Mene aamulla varhain Cloomberiin, ja jos näet jonkun sen asujaimista, niin puhu niistä ihmeellisistä naapureista joita me olemme saaneet, ja silloin he voivat lausua mielipiteensä siitä, merkitseekö muukalaisten läsnäolo jotakin meille."

Sisälle mentyämme sanoin minä:

"Minä koetan tehdä toivomuksesi mukaan. Mutta nyt ovat tunteesi jännittyneet haaksirikosta, ja sinä tarvitset lepoa. Minä täytän toivomuksesi, ja ystävämme voivat itse päättää, ovatko hindulaiset tulleet tänne heidän tähtensä vai eivätkö."

Minä annoin sisarelleni tämän lupauksen häntä tyynnyttääkseni, ja kun aurinko seuraavana aamuna paistoi huoneeseeni, tuntui minusta ihan mielettömältä luulla että noilla kasvinsyöjäraukoilla olisi pahoja aikeita tai että heidän tulollaan olisi mitään merkitystä Cloomberin asukkaisiin nähden.

Kuitenkin halusin minä mielelläni koettaa saada tavata jonkun Heatherstonen perheen jäsenen ja lähdin siis heti aamijaiselta päästyäni matkalle linnaan. Kenraali ja hänen perheensä elivät muista niin eroitettuina, etteivät he olleet kuulleet puhuttavan viime tapahtumista. Minä tiesin siis ettei edes kenraali pitäisi pahana minun tuloani, kun tarkoitukseni oli heille ilmoittaa pelkoni.

Linnan ympäristö näytti yhtä kolkolta ja alakuloiselta kuin ennenkin. Minä kurkistin ristikkoportista, mutta ainoatakaan ihmistä ei näkynyt. Yhden noita suuria Skotlannin honkia oli myrsky kaatanut ja se makasi poikittain ajotiellä huolimattomuuteen jätetyssä ja huonosti hoidetussa puistossa.

Minä kiersin lauta-aitaa löytääkseni raon, josta voisin nähdä vilahduksenkin huoneesta. Tultuani sille kohdalle, jossa kenraali oli yllättänyt minut ja Gabriellan huomasin minä että aita oli niin huolimattomasti korjattu, että noin parin tuuman levyinen rako oli jäänyt niitten kahden laudan väliin, jotka ennen olivat olleet irtonaisina. Siitä saatoin minä nähdä linnan ja osan sen edustalla olevaa nurmikkoa. Minä en nähnyt ainoatakaan ihmistä, mutta päätin pysyä paikallani, kunnes olisin saanut tavata jonkun Cloomberin asukkaista. Viimein meni mieleni niin nyrpeäksi että ennen päätin uhotella kenraalin tyytymättömyyttä ja koettaa kavuta aidan yli, kuin palata tyhjin toimin.

Onneksi ei minun kumminkaan tarvinnut käyttää tätä keinoa, sillä noin puoli tuntia siinä seisottuani lyötiin ovi kiivaasti kiinni, ja kenraali näyttäytyi linnanportailla. Hämmästykseksi huomasin että hän oli puettu virkatakkiin, ei kuitenkaan siihen, jota brittiläinen armeija nykyään käyttää. Punaisessa takissa, joka oli tavatonta muotia, oli paljon käyttämisen jälkiä. Housut olivat alkuaan olleet valkoiset, mutta nyt ne olivat liankeltaiset. Punainen nauha rinnan poikki ja suora miekka vyöllään näytti hän 40-luvun aikaiselta upseerilta.

Hänen seurassaan oli korpraali Rufus Smith, joka nyt esiintyi siistissä puvussa, hyppiä nilkuttaen isäntänsä vieressä, kun he syviin mietteisiin vajonneina kävelivät edestakaisin.

Minä huomasin että he aika ajoin pysähtyivät ja katsoivat arasti ympärilleen, ikäänkuin olisivat pelänneet jonkun yllättävän heidät.

Minä olisin mieluummin halunnut puhua kenraalin kanssa kahdenkesken, mutta minulla ei ollut mitään valintaa. Minä löin sauvallani lauta-aitaan herättääkseni heidän huomiotaan. Heti kääntyivät he minuun, ja minä huomasin että he olivat levottomia. Minä nostin nyt sauvani aidan yli näyttääkseni heille, miltä suunnalta ääni oli tullut.

Kenraali ohjasi nyt nähtävästi epäröiden askeleensa minua kohden, mutta toinen tarttui häneen ja koetti estää häntä käymästä etemmäksi. Silloin huomasin minä parhaaksi huutaa nimeni ja vakuuttaa että olin yksin. Tämä auttoi. Kun kenraali oli vakuuttautunut siitä että minä todellakin olin se miksi itseni sanoin, juoksi hän innoissaan minua kohden ja tervehti minua mitä sydämellisemmästi.

"Se on todellakin ystävällinen teko, West", sanoi hän. "Hädässä ystävä koetellaan. Minä tekisin väärin, jos nyt kutsuisin teidät sisälle, mutta sittenkin minä suuresti iloitsen teidän nähdessäni."

"Minä olen ollut levottomana teidän kaikkien tähden", sanoin minä. "Nyt on melkoisen pitkä aika kulunut siitä kun minä olen teidät nähnyt tai mitään teiltä kuullut. Miten te voitte?"

"Me voimme jotenkin hyvin, mutta huomenna ovat asiat paremmalla kannalla. Tai kuinka, korpraali?"

"Kyllä, herra", sanoi korpraali ja teki sotilastervehdyksen. "Huomenna me voimme kuin prinssit."

"Korpraali ja minä olemme tänä hetkenä vähän levottomia", selitti kenraali. "Kaikki muuttuu lopulta hyväksi. Miten tahansa käykin olemme Jumalan käsissä. Ja sanokaa nyt minulle, kuinka te itse voitte?"

"Meillä on ollut paljon tekemistä. Ettehän te ole kuulleet puhuttavan suuresta haaksirikosta?"

"Emme ole sanaakaan siitä kuulleet."

"Minä arvelinkin kyllä että myrskyn raivo estäisi teidän kuulemasta merkkilaukauksia. Viime yönä ajoi myrsky Indiasta tulevan laivan tänne lahteen, jossa se hukkui."

"Indiasta", huudahti kenraali.

"Niin. Miehistö onneksi pelastui ja on nyt tähän aikaan jo Glasgowissa."

"Ovatko kaikki matkustaneet sinne", kysyi kenraali.

Hänen kasvonsa olivat kellervän kalpeat.

"Kaikki muut paitsi kolme ihmeellistä olentoa, jotka sanovat olevansa buddalaisia pappeja. He ovat päättäneet muutamaksi päiväksi jäädä tälle paikalle."

Minä olin tuskin ehtinyt lausua nämä sanat, kun kenraali laskeutui polvilleen ja ojensi pitkät, laihat käsivartensa taivasta kohden.

"Tapahtukoon sinun tahtosi", huudahti hän, "tapahtukoon sinun tahtosi!"

Minä saatoin raosta nähdä että korpraalikin oli vaalennut, ja että hän pyyhki hikeä otsaltaan."

"Se on minun tavallinen onnettomuuteni", sanoi hän. "Monena vuotena olen kärsinyt puutetta ja kurjuutta, ja nyt oli minun täällä niin hyvä olla."

"Älkää siitä välittäkö", puhkesi kenraali puhumaan, joka nyt oli noussut seisomaan ja koetti hillitä itseään. "Jos onnettomuus tulee, niin on meidän ottaminen se vastaan niinkuin brittiläisten sotilasten sopii. Muistatteko, kuinka me sodassa teimme vastarintaa ja voitimme? Emme nytkään peräydy. Minä tunnen nyt voivani paremmin kuin vuosikausiin. Epävarmuus on kuolettavaa."

"Ja tuo helvetillinen sointikin", sanoi korpraali ja lisäsi:

"Me tulemme jakamaan saman kohtalon, ja siinä on aina lohdutusta."

"Hyvästi, West", sanoi kenraali. "Olkaa hyvä Gabriellalle, kun olette ottanut hänet vaimoksenne, ja sallikaa hänen äitinsä saada koti teillä. Minä en usko että hän kauan teitä on rasittamassa. Hyvästi! Jumala siunatkoon teitä!"

"Malttakaapas, kenraali", puutuin minä puheeseen. "Tätä asiain kulkua on jo jatkunut liian kauan. Mitä tuo kaikki merkitsee? Meidän on jo aika puhua peittelemättä keskenämme. Mitä te pelkäätte? Sanokaa suoraan! Pelkäättekö te hindulaisia. Jos niin on laita, kykenen minä siihen asemaan nähden, joka isälläni on tällä paikalla, vangituttaa heidät roistoina ja maankiertäjinä."

"Ei, ei, se ei tee mitään asian auttamiseksi", sanoi kenraali ja pudisti päätään. "Te saatte pian tietää kaikki. Mordaunt tietää, mistä hän löytää paperit, joihin olen kirjoittanut kaikki mikä koskee sitä asiaa. Siitä saatte huomenna neuvotella hänen kanssaan."

"Mutta jos vaara on uhkaava, niin voimme me kaiketi tehdä jotakin sen torjumiseksi. Jos te vaan tahdotte sanoa minulle, mitä te pelkäätte, niin minä tiedän, kuinka minun tulee menetellä."

"Rakas ystäväni, te ette voi mitään tehdä minun hyväkseni. Tyyntykää vaan ja sallikaa asian mennä menojaan. Minä tein mielettömästi etsiessäni turvaa puisten ja kivisten suojavarustusten takana. Asian todellinen laita oli kuitenkin se että toimettomuus tuntui minusta sietämättömältä, ja minä tunsin että minun tulisi pikemmin käyttää varovaisuutta kuin olla avuttomasti alttiina. Minä ja tämä nuoruudenystäväni olemme joutuneet semmoiseen asemaan, johon en soisi yhdenkään muun ihmisen koskaan joutuvan. Me voimme ainoastaan jättäytyä Jumalan käteen ja toivoa että se mitä olemme kärsineet tässä maailmassa vähentää kärsimystämme toisessa maail-

112

massa. Nyt minä tahdon mennä sisälle, sillä minulla on monta paperia, jotka on järjestettävä. Hyvästi!"

Hän tunki kätensä siitä reiästä, jonka minä sauvallani olin tehnyt aitaan ja antoi minulle juhlallisen kädenpuristuksen. Sitten meni hän vakavin askelin linnaan, ontuvan korpraalin seuraamana.

Branksomeen palattuani olin minä hyvin levoton enkä tiennyt mitä minun olisi pitänyt tehdä. Kaikesta kävi selville että sisareni oli oikeassa, ja että jotakin yhteyttä oli kolmen hindulaisen tulolla ja sillä salaperäisellä vaaralla, joka uhkasi Cloomberissa asuvaa perhettä.

Minun oli vaikeaa uskoa että lempeä, jalopiirteinen Ram Singh voisi tehdä väkivaltaista työtä. Mutta tarkemmin asiaa mietittyäni saatoin kuitenkin myöntää, että kauhea viha voisi piileksiä hänen silmiensä takana.

Mutta miten olivat nämä kaksi niin eri arvoastetta olevaa miestä kuin vanha tykistönkorpraali ja taitava kenraali voittaneet semmoiset vihat näiltä haaksirikkoisilta muukalaisilta? Ja jos vaara oli ruumiillinen, niin miksi ei kenraali suostunut minun ehdotukseeni ja vangituttanut noita kolmea miestä? Minä tahdon kuitenkin tunnustaa että minun olisi ollut erittäin vaikeaa pelkkien epäluulojen nojalla kohdella heitä roistoina. Minä en kumminkaan voinut vastata ainoaankaan tekemääni kysymykseen. Mutta en myöskään voinut pitää kenraalin pelkoa perusteettomana, kun ajattelin hänen juhlallisia sanojaan ja vakavaa todellisuuttaan.

Yksi asia oli minusta kuitenkin päivän selvä, nimittäin se etten millään tavalla voinut auttaa. Minä saatoin ainoastaan

toivoa että rakastettua Gabriellaani ja hänen veljeään säästet-
täisi.

Minä kävelin tietä ajatuksiini vaipuneena ja olin ehtinyt
Branksomen puistoveräjälle kun kuulin isäni äänen. Utelijaana
tietämään mikä saattoi hänet niin innokkaasti ja lujalla äänel-
lä puhumaan, avasin varovasti veräjän, ja kun äänettömin as-
kelin olin mennyt laakeripensasryhmän ohi, näin hänet äkkiar-
vaamatta seurustelevan juuri sen miehen kanssa, johon kaikki
ajatukseni kiintyivät, nimittäin buddalaisen Ram Singhin.

He istuivat puutarhapenkillä ja olivat syventyneet vilk-
kaaseen keskusteluun. He eivät huomanneet minua ennen
kuin seisoin ihan heidän vieressään. Kun pappi viimein huo-
masi minut, nousi hän seisomaan ja tervehti minua samalla
erinomaisella kohtelijaisuudella ja ystävällisellä mielihyvällä,
joka ennen oli herättänyt minun huomioni.

"Minä en voinut kieltää itseltäni huvia käydä tapaamassa
isäänne", sanoi hän. "Ja minä olen ollut niinkin rohkea että
olen kysynyt hänen mielipiteitään muutamista kohdista, jotka
koskevat sanskritia ja hindostania, sillä seurauksella että olem-
me keskustelleet kokonaisen tunnin, voimatta vakuuttaa toi-
siamme. Vaikka ei minulla muutamissa kohdissa olekaan sem-
moista oppia kuin James Hunter Westillä, niin tiedän kuiten-
kin että hän jossakin asiassa voi erehtyä. Mikä vakuutan teille,
herra, että aina vuoteen 700, vieläpä myöhemminkin oli sans-
krit Indian yleisin kieli."

"Ja minä vakuutan teille", puhkesi isäni innokkaasti ja
kiivaasti puhumaan, "että se oli kuollut ja unohdettu siihen
aikaan, sillä poikkeuksella että oppineet käyttivät sitä tieteel-
lisissä ja uskonnollisissa teoksissa, samoin kuin latinaa käytet-

tiin keskiaikana, pitkiä aikoja sen jälkeen kun eurooppalaiset kansat olivat lakanneet sitä puhumasta."

"Jos te kysytte neuvoa Puranasilta, niin saatte nähdä että katsantotapanne, niin yleinen kuin se onkin, on kuitenkin tukea vailla", vastasi Ram Singh.

"Ja jos te tahdotte kysyä neuvoa Ramayanalta ja meidän kanoonisilta kirjoilta, niin huomaatte että katsantotapanne on tukea vailla", huudahti isäni.

"Mutta muistakaa Kullavaggaa", sanoi vieraamme vakavasti.

"Ja muistakaa kuningas Asokaa", sanoi isäni voitonriemulla. "Kolmesataa vuotta ennen kristittyä ajanlaskua määräsi hän että Buddan lait kirjoitettaisiin kallioihin. Mitä kieltä tähän tarkoitukseen käytettäisiin? Sanskritiako? Ei! Ja miksi ei sanskritia? Sentähden ettei alhaisempi kansa olisi sanaakaan siitä ymmärtänyt. Hah-haa! Siinä syy. Ja miten niitten lainkäskyjen laita, jotka kuningas Asoka antoi?"

"Ne kirjoitettiin useammalla kielimurteella. Mutta nyt minä näen auringon asemasta, että päivä on pitkälle kulunut, ja minun täytyy palata matkatovereitteni luo."

"Minua huolestuttaa ettette ottanut heitä mukaanne tänne", sanoi isäni kohteliaasti.

Minä huomasin että hän pelkäsi innokkaan väittelyn kestäessä rikkoneensa vieraanvaraisuuden lakeja.

"He eivät koskaan seurustele muitten ihmisten kanssa", vastasi Ram Singh, nousten seisomaan. "He ovat korkeammalla kehitysasteella kuin minä ja pelkäävät joutuvansa jonkun saastaisen yhteyteen. He ovat syventyneet mietiskelyyn, joka kestää kuusi kuukautta. Tämän mietiskelyn, joka koskee kolmannen lihaksitulemisen salaisuutta, alkoivat he silloin kun me lähdimme Himalajasta. Minä en enää joudu teitä tapaamaan, herra Hunter West, ja sanon teille sentähden jäähyväiset. Vanhuutenne on oleva onnellinen, ja itämaiset opintonne tuottavat pysyväistä hyötyä oman maanne kirjallisuudelle. Hyvästi!"

"Täytyykö minunkin sanoa teille jäähyväiset", kysyin minä.

"Kyllä, jos ei teillä ole halua seurata minua rantaa pitkin", vastasi hän. "Nyt olette te jo ollut ulkona ja tunnette kentiesi jo olevanne väsynyt. Minä pyydän teiltä siis liian paljon."

"Ette ensinkään. Minä tahdon suurimmalla halulla tulla mukaanne", vastasin minä vilpittömästi.

Me lähdimme siis matkaan. Isäni olisi mielellään seurannut meitä ja jatkanut riitaa, jos ei hän olisi tuntenut väsyneensä keskustelusta ja hänen sentähden olisi täytynyt jäädä kotia.

"Hän on oppinut mies", sanoi Ram Singh, "mutta hän on kärsimätön niinkuin moni muukin, kun he tapaavat jonkun, joka on toista mieltä. Aikaa voittaen tulee hän viisaammaksi."

Minä en vastannut, ja pitkän ajan jatkoimme me äänettöminä matkaamme ja pysyttelimme veden lähellä jossa oli helpompi kävellä kuin kuivalla hiekalla. Korkeat rannikkoa seuraavat hietakummut muodostivat vasemmalla puolella muurin, kun taas leveä kanava avautui oikealla puolellamme.

Vesi oli hopeanvalkeaa, eikä purjetta näkynyt niin kauas kuin silmä kannatti. Pappi ja minä olimme kahdenkesken luonnon helmassa. Minä muistin perämiehen sanat että mies oli vaarallinen henkilö, ja että minä nyt olin kokonaan hänen vallassaan. Mutta tarkastaessani hänen majesteetillista ulkomuotoaan, hävisivät kohta epäluuloni. Hänen kasvoissaan voi nähdä ankarat eleet, mutta näissä ei ollut mitään alhaista eikä halpaa.

Hän vei minut pienelle kalastajamajalle, jonka omistaja muutamia vuosia sitten oli jättänyt kylmille, ja joka nyt oli rappeutunut ja puoleksi hävinneessä tilassa. Melkein koko katon oli tuuli vienyt mukanaan; ovet ja ikkunat olivat korjauksen puutteessa. Tämä asunto, jossa ei kurjinkaan skotlantilainen kerjäläinen olisi tahtonut asua, sulki nyt seinäinsä sisään nämä kolme vierasta miestä. Majaa ympäröi pieni puutarha, joka oli ihan luonnontilassa. Uusi tuttavani tunkeutui pensasten läpi ja majalle tultuaan viittasi minua seuraamaan. Hän sanoi matalalla äänellä:

"Te saatte nyt nähdä semmoista, jota harvojen eurooppalaisten on suotu nähdä. Majassa näette kaksi djogia, s. o. kaksi miestä, joilla on ainoastaan yksi askel astuttava päästäkseen viisasten joukkoon. He ovat molemmat horrostilassa, sillä muussa tapauksessa en olisi teidän läsnäololla tahtonut heitä häiritä. Heidän tähtiruumiinsa ovat nyt heistä eronneina ja ovat saapuvilla eräässä Tiibetin pyhässä laamatemppelissä. Käykää varovasti, ettei askeltenne kapse kutsuisi heitä takaisin ennen kuin he ovat lopettaneet hartausharjoituksensa.

Verkalleen ja äänettömin askelin lähestyin minä huonetta ja katsoin sitten avoimesta ovesta sisään. Mitään huonekaluja ei vaatimattomassa majassa ollut. Nurkkaan oli tehty vuode. Tällä valmistelemattomalla vuoteella istui kaksi miestä toisiinsa kumartuneina, jalat ristissä itämaisella tavalla. Toinen oli pieni ja kuihtunut, toinen tavattoman isokasvuinen ja muuten melkein yhtä laiha kuin edellinenkin. Heidän päänsä olivat rinnoille painuneina, eikä kumpikaan heistä nostanut silmiään eikä mitenkään huomannut meitä. He olivat niin hiljaa ja liikkumattomina, että olisi voinut luulla heidät kahdeksi pronssipatsaaksi, jos ei olisi huomannut heidän tasaista ja säännöllistä hengitystään.

Kasvoilla oli kumminkin omituinen, tuhkanharmaa väri ja erosivat tykkänään heidän matkatoverinsa terveennäköisestä ruskeasta ihosta, ja minä huomasin, kun kumarruin katsomaan, että ainoastaan silmäkalvo oli näkyvissä; koko silmäterän kehä oli kohoutunut ylöspäin ja kadonnut silmälaudan taakse.

Vastapäätä voita kahta kuvaa oli lattiavaate, ja tällä oli vettä sisältävä saviastia, puolikas leipää ja paperiarkki, joka ihmeellisillä merkeillä ja kirjaimilla oli täyteen kirjoitettu.

Ram Singh viittasi minua seuraamaan häntä, ja pian seisoimme me taas puutarhassa.

"Minä en tahdo häiritä heitä ennen kello 10:tä", sanoi hän. "Te olette nyt nähnyt yhden suurimpia tuloksia, joka voidaan saavuttaa salaisen viisaustieteen avulla, nimittäin hengen erottaminen ruumiista. Asianlaita on se, etteivät ainoastaan näitten pyhäinmiesten henget tänä hetkenä ole Gangesin rannoilla, vaan että nämä henget ovat puettuina verhoon, joka on niin heidän todellisten ruumistensa näköinen, ettei yksikään uskovainen voi epäillä että Lal Hoorni ja Mowdar Khan todella ovat heidän keskuudessaan. Tämä tosiasia tapahtuu siten että meillä on kyky jakaa esine kemiallisiin atoomeihinsa, salaman nopeudella lähettää nämä atoomit määrättyyn paikkaan ja taas kutsua ne takaisin sekä vaatia niitten ottamaan entinen luonnollinen muotonsa. Entisinä aikoina oli välttämätöntä että koko ruumis siirrettiin tällä tavalla, mutta sittemmin me olemme huomanneet, että on yksinkertaisempaa ja mukavampaa muuttaa ainoastaan tähtiruumis.

"Mutta jos te voitte lähettää henkenne mihin vaan haluatte, niin miksi sitten sallitte niitten olla ruumisten ympäröiminä", kysyin minä.

"Kun me seurustelemme vihittyjen veljien kanssa, kykenemme me suorittamaan sen tehtävän henkemme avulla, tarvitsematta käyttää ruumiin muotoa, mutta kun tahdomme tulla tavallisten ihmisten yhteyteen, on välttämätöntä että me näyttäydymme heille tavalla, jonka he voivat ymmärtää ja pitää arvossa."

"Kaikki mitä minä olen nähnyt ja kuullut, on mitä suurimmassa määrässä kiinnittänyt huomioani, ja minä muistan usein lyhyttä yhdessä olomme aikaa", sanoin minä ja pusersin sitä kättä, jonka Ram Singh ojensi minulle merkiksi että keskustelumme nyt oli lopussa.

"Teillä on siitä hyötyä", sanoi hän hitaasti, pitäessään minun kättäni omassaan ja katsoessaan minua surullisena silmiin. Teidän täytyy ajatella, ettei sen mikä pikaisessa tulevaisuudessa tapahtuu, tarvitse johtua vääryydestä, vaikka ei se sovellukaan ennakkoluuloisiin oikeuskäsitteisiinne. Älkää siis liiaksi hätäilkö arvostelua tehdessänne. Määrättyjä sääntöjä täytyy noudattaa, vaikka yksilöt siten saavatkin kärsiä. Menettely voi näyttää kovalta ja julmalta, mutta niitten sääntöjen noudattamisen laimiin lyöminen olisi itse asiassa paljoa vaarallisempaa. Härkä ja lammas ovat meitä turvassa, mutta mies, joka on tahrannut kätensä viisaan verellä ei saa elää."

Hurjalla ja uhkaavalla liikkeellä nosti hän molemmat kätensä, kääntyi minusta ja meni nopein askelin takaisin majalle. Minä katsoin hänen menoaan kunnes hän oli kadonnut ovesta huoneeseen. Sitten käännyin kotia päin, ajatellen matkalla kaikkea sitä mitä olin nähnyt ja kuullut. Erittäinkin olivat ajatukseni kiintyneet salaisen viisaustieteilijän viime sanoihin.

Kaukana oikealla kohoutui Cloomberin valkoinen torni synkkien pilvien muodostamaa taustaa vastaan. Minä kuvittelin mielessäni, että vieras, joka sattumalta kulkisi tätä tietä, sydämessään ehkä kadehtisi miestä, joka asui tässä komeessa rakennuksessa, ja minä ajattelin kuinka vähän hän saattoi aavistaa sitä sanomatonta vaaraa, joka uhkasi tätä miestä. Nuo onnettomuutta ennustavat myrskypilvet oli vaan ainoastaan ennustajina vielä kauheammasta myrskystä, joka pian raivollaan piirittäisi linnan.

"Mitä tahansa tapahtuneekin, niin toivon ettei syyttömien tarvinne kärsiä syyllisen kanssa", huudahdin minä.

Kotia tultuani olivat isäni ajatukset vielä kiintyneinä muukalaisen kanssa pitämäänsä oppineeseen väittelyyn. Minut nähtyään rupesi hän puhumaan:

"Minä toivon, Jack, etten näyttäytynyt epäkohtelijaana hänelle. Minun olisi tullut muistaa, että olen isännän sijainen ja ettei minun tule väitellä vieraitteni kanssa. Mutta en saattanut olla hänelle vakuuttamasta hänen erehdystään. Ja huomasitko sinä kuinka kuolettavan vaikutuksen minun muistutukseni kuningas Asokan määräyksestä teki, että hän heti nousi seisaalleen ja sanoi jäähyväiset?"

"Isä puolustautui urhoollisesti", vastasin minä. "Sano nyt, isä, minkä vaikutelman hänen käyntinsä sinuun teki."

"Hän on yksi niitä pyhiä miehiä, jotka ovat omistaneet

elämänsä Buddan opin salaisuuksien tutkimiseen. Hän on teosoofi (jumaluusviisas). Korkeimman asteen teosoofi on adepti (perille päässyt). Tämä mies ja hänen seuralaisensa eivät ole ehtineet niin korkeaan asemaan, sillä jos he olisivat adepteja, eivät he saastumatta olisi voineet matkustaa valtameren yli. Sen sijaan on luultavaa että he ovat pitkälle kehittyneitä chelaita, jotka aikaa voittaen toivovat pääsevänsä vihittyjen joukkoon."

"Mutta, isä", keskeytti sisareni, "tästä ei selviä miksi niin pyhät ja täydelliset olennot valitsisivat asunnokseen meidän autiolla rannalla olevan mökin."

"Juuri tästä aion mainitakin", vastasi isäni. "Mutta se asia ei liikuta ketään niin kauan kun he pysyvät hiljaisuudessa eivätkä loukkaa maan lakeja."

"Oletko kuullut, että näillä tämmöisillä papeilla on voimia, jotka ovat meille tuntemattomia", kysyin minä.

"Itämaan kirjallisuus on täynnä kertomuksia siitä asiasta. Raamattu on itämainen kirja, ja kannesta kanteen puhutaan siinä salaisista voimista. On kieltämättä totuus että ne ihmiset, jotka ovat eläneet entisinä aikoina, ovat tunteneet monta luonnonvoimaa, joista ei meillä ole aavistustakaan. Mutta minä en tiedä onko nykyajan teosoofeilla todella niitä voimia, joita he itsellään sanovat olevan."

"Ovatko he kostonhaluisia", kysyin minä.

"Eivät tietääkseni", vastasi isäni, kohottaen hämmästyksestä kulmakarvojaan. "Mitä se merkitsee että sinä olet niin kyselynhaluinen tänään? Ovatko itämaiset naapurimme jollakin tavalla herättäneet sinun utelijaisuuttasi tai epäluulojasi?"

121

Minä vastasin kysymykseen niin hyvin kuin saatoin, sillä en tahtonut ilmaista isälleni sitä levottomuutta, joka minua vaivasi. Tapahtumien kertominen ei olisi mitään hyödyttänyt, ja minä olin sitä haluttomampi sitä tekemään, kun ajattelin että isäni oli vanha ja heikko, ja että minun tuskani voisi masentavasti vaikuttaa häneen.

Koko elämässäni ei ole minusta ainoakaan päivä kulunut niin hitaasti kuin tämä. Kaikin tavoin koetin kuluttaa tunteja, ja kuitenkin tuntui minusta siltä kuin ei koskaan tulisi pimeää. Minä koetin lukea ja kirjoittaa, käyskentelin puutarhassa, järjestin kalastustarpeitani ja koetin monella muulla tavalla kuluttaa aikaani, sillä epävarmuus oli sietämätöntä.

Minä näin että kuumeentapainen levottomuuteni tarttui sisareeni. Isä nuhteli ja torui meitä omalla lempeällä tavallaan siitä ettemme saattaneet pysyä alallamme, vaan lakkaamatta vaihdoimme työtä.

Viimein tuli teenjuonnin aika. Ikkunaverhot vedettiin alas, lamput sytytettiin, ja tavattoman pitkän väliajan kuluttua luettiin iltarukous, ja palvelijat menivät levolle. Isäni joi iltatotinsa ja meni sitten huoneeseensa. Ester ja minä istuimme kahden vierashuoneessa sydämemme täynnä kauhua siitä mitä saisimme nähdä ja kuulla.

XIV YÖLLINEN KÄYNTI

Kello oli neljänneksen yli 10, kun isämme meni huoneeseensa, jättäen Esterin ja minut kaksin. Me kuulimme hänen hitaitten askeltensa kapseen narisevilta porrasastuimilta, ja viimein ilmoitti oven avaaminen ja sulkeminen, että hän oli astunut makuuhuoneeseensa.

Pöydällä palava lamppu heitti takaperäisen, hämärän valon vanhaan huoneeseen, jonka seinät oli päällystetty tammilaudoilla, ja haaveelliset varjot leijailivat korkeaselkäisten huonekalujen yli.

Sisareni kalpeat, levottomat kasvot esiintyivät varjojen keskeltä yhtä selvinä ja häikäisevinä kuin joku Rembrandtin maalaama muotokuva. Pöytä välissämme istuimme me vastapäätä toisiamme, eikä ainoakaan ääni häirinnyt hiljaisuutta, paitsi kellon tikutus. Hiljaisuus melkein lisäsi kauhuamme. Viimein tunsimme kevennystä sydämessämme, kun kuulimme maantiellä kulkevan talonpojan hilpeästi laulavan, ja me koetimme kuunnella poistuvaa ääntä niin kauan kuin mahdollista.

Alussa toimiskeli Ester käsityön teossa ja minä kulutin aikaani lukemisella, mutta pian lakkasimme me kumpikin työstämme ja istumme levottomina odotellen. Me katsomme säikähtyneinä toisiimme, kun liedessä palavat puut rätisivät tai kun rotta jyrsi seinälaudoituksen takana. Ilmassa oleva sähkö painosti meitä ja tuotti meille tulevan onnettomuuden esimakua.

Minä nousin istumapaikaltani ja avasin puutarhaan vievän oven päästääkseni raitista ilmaa huoneeseen. Taivas oli pilvessä, mutta silloin tällöin repeytyi pilviharso, ja kuu kurkisteli sen lomista, valaisten seudun kylmillä, vaaleilla säteillään. Ovella seisoessani näin Cloomberin metsän ulkoreunan. Itse linnaa ei voinut nähdä ennenkuin oli noussut pienelle kummulle, joka oli kappaleen matkan päässä meidän puutarhasta. Sisareni kääri saaliin päähänsä ja me lähdimme nyt tälle kummulle. Me näimme ettei ainoakaan linnan ikkuna ollut valaistu; koko linna, joka kolkkona ja synkkänä kohoutui sitä ympäröivien puitten keskellä, näytti pikemmin jättiläisen ruumisarkulta kuin ihmisasunnolta. Kummulla hetken aikaa seisottuamme palasimme me kotia. Siellä me istuimme odotellen, tietämättä mitä, ja kuitenkin olimme vakuutetut siitä että jotakin kauheaa tapahtuisi.

Kello oli 12 tai ainakin lähes 12, kun Ester äkisti hypähti paikallaan ja nosti sormensa herättääkseen minun huomioani.

"Kuuletko jotakin", kysyi hän.

Minä kuuntelin, mutta turhaan.

"Mene ulos ja avaa eteisen ovi", sanoi hän vapisevalla äänellä. "Kuuletko nytkään mitään?"

Yön hiljaisuutta häiritsi heikko töminä, joka yhä enemmän tuntui lähenevän meitä.

"Mikä se on", kysyin minä matalalla äänellä.

"Se on askelten kapse, joka on yhä lähenemässä", sanoi hän.

Yhtäkkiä menetti hän viimeisenkin itsensähallitsemisen jäännöksen ja lankesi polvilleen pöydän eteen sekä rupesi heikkohermoisena nyyhkyttäen lukemaan rukouksen toisensa jälkeen.

Minä saatoin nyt helposti erottaa äänen. Sisareni oli oikeassa. Joku oli juosten tulossa. Hänen askeltensa kapse tuli yhä selvemmäksi. Hänellä täytyi olla tärkeä sanoma tuotavana, sillä ei hän pysähtynyt kertaakaan eikä hiljentänyt vauhtiaankaan. Nyt minä kuulin, ettei hän enää juossut maantiellä vaan oli päässyt hiekalle. Mutta muutaman silmänräpäyksen kuluttua oli hän taas kovalla maalla, ja hänen lentävät jalkansa tulivat yhä lähemmäksi.

Jatkaisiko hän matkaansa tiellä tai poikkeaisiko hän Branksomeen? Tuskin oli tämä aatos pujahtanut minun päähäni, kun juoksija jo kääntyi kulmauksesta. Isännän talo oli epäilemättä hänen matkansa päämäärä. Minä riensin alas ja avasin portin juuri samaan aikaan kun vieraamme avasi sen toiselta puolelta. Hän syöksyi oikopäätä minun syliini. Kun valaisi hänen kasvojaan, ja minä tunsin Mordaunt Heatherstonen.

"Armollinen Jumala! Sano minulle, Mordaunt, mitä on tapahtunut?"

"Isäni", sanoi hän läähättävällä äänellä. "Isäni!"

Hänen hattunsa oli poissa, silmät tuijottivat kauhusta ja kasvot olivat kuolonkalpeat. Hänen kätensä, joilla hän tarttui minun käsivarsiini, vapisivat rajusti.

"Sinä olet uuvuksissa", sanoin minä ja johdatin hänet

vierashuoneeseen. "Levähdä hetkinen ennenkuin puhut. Koeta tyyntyä! Sinähän olet parasten ystäväisi luona."

Minä panin hänet vanhalle sohvalle lepäämään, ja Ester, jonka pelko oli mennyt menojaan, kaatoi konjakkia lasiin, jonka hän ojensi makaavalle. Kiihottava juoma teki silmänräpäyksessä vaikutuksensa, sillä hänen silmistään näkyi että hän tunsi meidät. Hän nousi istumaan ja otti Esterin käden omaansa, ikäänkuin ihminen, joka herää pahasta unesta, haluaa saada vakuutuksen siitä että todellakin on turvassa.

"Miten isäsi laita on", kysyin minä.

"Hän on poissa."

"Poissako?"

"Niin, hän on poissa, ja samoin on korpraali Rufus Smith. Me emme enää koskaan saa heitä nähdä."

"Mutta mihin he ovat menneet", huudahdin minä. "Tämä ei sovellu sinun arvollesi, Mordaunt. Ei meillä ole oikeutta istua täällä tunteittemme kuohussa niin kauan kun on jälellä joku mahdollisuus auttaa isääsi. Nouse ylös! Lähtekäämme hänen jälkeensä! Sano minulle vaan, mihin suuntaan hän meni."

"Siitä ei lähde apua", vastasi nuori Heatherstone ja peitti kasvonsa käsillään. "Älä nuhtele minua, West, ennen kuin olet saanut tietää kaikki asianhaarat. Mitäpä me voisimme kauheita ja tuntemattomia voimia vastaan, jotka meitä uhkaavat? Uhkaavasta vaarasta on viimein tullut todellisuus. Jumala auttakoon meitä!"

"Sano minulle taivaan nimessä, mitä on tapahtunut! Emme saa antautua epätoivoon", puhkesin minä puhumaan, ollen ihan suunniltani.

"Emme voi tehdä mitään ennenkuin päiväkoitteessa",

vastasi hän. "Emme voi nyt nähdä heidän jälkiään. Tänä hetkenä ei ole mitään toivoa."

"Miten Gabriella ja rouva Heatherstone voivat", kysyin minä. "Emmekö me voi tuoda heitä linnasta tänne? Sinun sisarparkasi tietysti on kauhusta puolittain mielettöminä?"

"Hän ei tiedä mitään", vastasi Mordaunt. "Hän makaa huoneessa, joka sijaitsee talon peräpuolella, eikä ole nähnyt eikä kuullut mitään. Mitä äitiparkaani tulee, on hän jo kauan odottanut tätä tapahtumaa, ja kun sen aika nyt oli tullut, on hän valmis. Luonnollisesti on hän surun valtaama, mutta minä uskon kuitenkin että hän mieluimmin tahtoo olla yksin. Hänen lujuutensa ja tyyneytensä tulisi tehdä minuun hyvän vaikutuksen, mutta minä olen luonnostani tunteellinen ja kauhea tapahtuma, joka sattui niin pitkän ja epävarman odotusajan kuluttua, riisti minulta hetkeksi järkeni."

"Jos emme voi tehdä mitään ennen aamua, niin on sinulla aikaa kertoa kaikki mitä on tapahtunut", huomautin minä.

"Sen tahdon tehdäkin", sanoi hän ja nousi seisomaan, lämmittäen vapisevia käsiään takkavalkean ääressä. "Sinä tiedät", jatkoi hän, "että meillä jonkun ajan kuluessa – vieläpä itse asiassa useampana vuotena – on ollut syytä pelätä, että isäni jollakin kauhealla tavalla rangaistaisiin eräästä nuoruudessaan tekemästänsä työstä."

Korpraali Rufus Smith antoi häntä tässä työssä. Hänen tulonsa meille oli itse asiassa varoitus siitä että aika pian olisi loppuun kulunut, ja että lokakuun viides päivä, joka oli rikoksen vuosipäivä, myös tulisi olemaan sovituspäivä. Minä kirjoitin sinulle aavistuksistamme, ja jos en erehdy, on isänikin puhunut sinulle tästä asiasta. Kun minä aamulla huomasin että hän oli pukeutunut vanhaan virkapukuun, jota hän on tallettanut afghanilaissodasta asti, olin minä vakuutettu siitä että loppu oli lähellä ja että aavistuksemme toteutuisivat.

Iltapäivällä näytti hän olevan tyynempi kuin hän oli ollut moneen vuoteen ja puhui vapaaehtoisesti Indian elämästä ja nuoruuden seikkailustaan siellä. Kello 9 käski hän meidän mennä huoneisiimme ja sulki itse meidät sinne, varokeino, jota hän usein käytti kun synkkämielisyys yllätti hänet. Hän tahtoi aina koettaa suojella meitä siltä kohtalolta, joka odotti häntä. Ennen kuin hän erkani meistä syleili hän minua huoneeseeni, jossa hän rakkaasti pusersi minun kättäni ja antoi minulle pienen kääreen, joka oli osotettu sinulle.

"Minulle", keskeytin minä.

"Niin, sinulle. Minä toimitan asiani heti kun olen kertonut historiani. Minä vannotin häntä että sallisi minun olla hänen läheisyydessään, saadakseni jakaa vaaran hänen kanssaan, mutta hän pyysi etten minä tekisi mitään, joka voisi ehkäistä hänen tuumiaan. Kun minä viimein näin että itsepäisyyteni huolestutti häntä, sallin minä hänen teljetä itseni huoneeseeni. Minä olen aina nuhteleva itseäni tästä myöntyväisyydestäni. Mutta mitäpä minä voin tehdä, kun ei hän tahtonut ottaa vastaan apuani!"

"Sinun ei sovi nuhdella itseäsi. Sinähän et voinut toisin menetellä", sanoi sisareni.

"Minä tahdoin tehdä sen mikä oli oikeaa, mutta vaikea on sanoa, teinkö viisaasti vai enkö. Isäni poistui, enkä minä enää kuullut hänen askeltensa kopsetta. Kello oli nyt 10 tai vähän enemmän. Pitkän ajan kävelin minä edestakaisin huoneessani, mutta sitten heittäydyin täysissä vaatteissa vuoteelle, luin

Tuomas Kempiläistä ja rukoilin koko sydämestäni, ettei meille tapahtuisi mitään pahaa yöllä. Minä olin viimein mennyt levottomaan hortoon, kun heräsin räikeästä kirkunnasta. Minä nousin sekavapäisenä istumaan, mutta kaikkialla oli hiljaista. Lamppu paloi vielä, ja kelloni näytti että sydänyö kohta oli käsissä. Minä hypähdin vuoteelta ja raapasin tulitikulla valkean, sytyttääkseni kynttilän, kun kirpeän räikeä ääni taas kaikui huoneessa. Se oli niin luja ja kuuluva kuin se olisi tullut jostakin paikasta ihan vierestäni. Minun huoneeni sijaitsee talon etupuolella, kun taas äitini ja sisareni asuvat toisella suunnalla. Minä olen meistä siis ainoa, jolla on näköala lehtikujalle. Minä juoksin ikkunaan, nostin rullavarjostimia ja katsoin ulos. Te olette nähneet että linnan ja lehtikujan välillä on leveä avonainen paikka. Tämän paikan keskellä seisoi kolme miestä, ja nämä käänsivät kasvonsa minuun päin. Kuu paistoi heihin, ja minä näin että he olivat tummaihoisia ja mustatukkaisia. Kaksi heistä oli laihaa ja kuihtunutta, mutta kolmas, jolla oli ryhdikäs vartalo ja tuuhea lainehtiva parta, näytti majesteetillisia kuin kuningas.

"Ram Singh", huudahdin minä.

"Mitä sinä näistä tiedät? Oletko tavannut heidät", huudahti Mordaunt hämmästyneenä.

"Minä tunnen heidät. He ovat Buddan pappeja. Jatka!"

He seisoivat rivissä ja nostivat ja laskivat käsivarsiaan useampia kertoja, samalla kun heidän huulensa liikkuvat, ikäänkuin olisivat toistelleet jotakin rukousta tai manausta. Yhtäkkiä seisoivat he ihan alallaan ja päästivät kolmannen kerran tuon hurjan, korvia vihlovan äänen, joka oli herättänyt minut uinailustani. En koskaan unohda tätä kauheaa kutsumusta, joka häiritsi yön syvää hiljaisuutta ja vielä tänä hetkenä soi korvissani. Kun hiljaisuus palasi, kuulin minä, että salvoa sysättiin ja ovet avattiin. Sitten näin tähystyspaikastani, että isäni ja korpraali Rufus Smith tulivat juosten linnasta, paljain päin ja vaatteet epäjärjestyksessä. Nuo kolme muukalaista eivät sormellaankaan koskeneet heihin, vaan kaikki viisi menivät nopein askelin lehtikujaa päin ja katosivat puitten taakse. Minä olen lujasti vakuutettu siitä ettei mitään nähtävää väkivaltaa käytetty, jolla olisi heitä pakotettu seuraamaan, ja kuitenkin olen yhtä varma siitä että isäparkani ja hänen seuralaisensa olivat avuttomia vankeja, aivan kuin olisin nähnyt heitä kahleissa vietävän. Tuskin oli vasta viisi minuuttia kulunut ensi kirkunnasta, ja kun he nyt olivat poissa, olisin saattanut uskoa että tämä kaikki olikin vain kamala uni, jos en olisi tietänyt tapahtumien vaikutelman koskeneen minuun niin kovasti, että ne olivat ikävä todellisuus. Koko voimallani heittäydyin minä ovea vastaan, toivoen voivani särkeä lukon. Alussa ei yritykseni onnistunut, mutta viimein oli voimaini ponnistuksella se menestys että lukko särkyi ja minä pääsin käytävälle. Ensi ajatukseni koski äitiäni. Minä juoksin hänen huoneelleen ja avasin salvan. Hän tuli heti käytävälle ja nosti sormensa varoitusmerkiksi.

"Hiljaa", sanoi hän, "Gabriella nukkuu. Onko heidät kutsuttu pois?"

"On", vastasin minä.

"Tapahtukoon Jumalan tahto", huudahti hän. "Isäparkasi tulee toisessa elämässä onnellisemmaksi kuin hän on ollut tässä. Olen iloinen siitä että Gabriella nukkuu. Minä kaadoin kloraalia hänen suklaattiinsa."

"Mitä minun on tehtävä", puhkesin minä puhumaan ihan suunniltani surusta. "Mihin he ovat menneet? Me emme voi sallia heidän häviävän tällä tavalla tai sietää sitä että nuo miehet tekevät heille mielensä mukaan. Ratsastanko minä Wigtowniin hakemaan poliisia."

"Ennemmin kaikkea muuta kuin sitä", vastasi äitini painolla. "Hän on useammassa tilaisuudessa pyytänyt, ettei poliisia sekoitettaisi asiaan. Poikani, emme enää koskaan saa nähdä isääsi. Sinä luultavasti ihmettelet että silmäni ovat kuivat, mutta jos tietäisit yhtä hyvin kuin minä, että ainoastaan kuolema voi antaa hänelle rauhan, niin et surisi hänen menoaan. Etsiminen ei hyödytä ensinkään, ja kuitenkin täytyy meidän etsiä häntä, mutta tavalla, joka ei herätä vähintäkään huomiota. Hänen toivomustensa mukaan tekemällä me parhaiten häntä palvelemme."

"Mutta jokainen minuuttihan on kallis", huudahdin minä. "Kentiesi hän juuri tänä hetkenä huutaa meitä apuun ja vannottaa meitä pelastamaan hänet noitten ihmispaholaisten kynsistä."

Tämä ajatus teki minut melkein mielettömäksi. Minä syöksyin ulos linnasta, mutta maantielle tultuani en tietänyt mihin päin olisin kääntynyt. Koko laaja kangas oli edessäni, mutta en voinut kuulla ainoatakaan ääntä. Siinä neuvottomana seisoessani ymmärsin taistelevani voimia vastaan, joita en ensinkään tuntenut. Kaikki oli ihmeellistä, synkkää ja kauhistuttavaa.

Niinpä tulin ajatelleeksi teitä, ja että te mahdollisesti voisitte neuvoa ja auttaa minua. Minä tiesin että Branksomessa saisin osanottoa ja että te myös voisitte antaa minulle hyvän neuvon. Omaan arvosteluuni en minä kauemmin tohtinut luottaa. Äitini tahtoi mieluimmin olla yksin, sisareni nukkui, ja aina päivänkoittoon asti täytyisi minun olla toimettomana. Mikä oli silloin luonnollisempaa kuin että juoksisin tänne niin sukkelaan kuin jalkani kantaisivat. Sinulla, Jack, on terävä pää. Sano minulle, mitä minun sinun mielestäsi tulisi tehdä. Ester, mihin minun tulee ryhtyä?"

Hän kääntyi meihin kädet ojennettuina ja silmät kiihkeästi tiedustelevina.

"Sinä et voi tehdä mitään pimeän aikana", vastasin minä. "Meidän täytyy antaa tieto asiasta Wigtownin poliisille, mutta ei meidän tarvitse antaa sinne sanaa ennen kuin omasta puolestamme olemme lähteneet tiedusteluretkelle. John Fullertonilla, joka asuu mäen toisella puolella, on vainukoira, jolla on samat etevät ominaisuudet kuin verikoirallakin. Minä uskon varmaan, että se voi seurata kenraalin jälkiä."

"Mutta kauheaa on kädet ristissä odottaminen. Hän tarvitsee tänä hetkenä meidän apua."

"Minä pelkään että meidän apu vähän häntä hyödyttää. Niitä voimia, jotka tässä ovat vaikuttamassa, ei voida masentaa ihmisen välityksellä. Eikä meillä myöskään ole muuta valintaa kuin odottaminen. Meillä ei ole aavistustakaan mihin suuntaan he ovat menneet, ja jos me päämäärää tietämättä risteilisimme sinne tänne kankaalla, niin me vaan tarpeettomasti hukkaisimme voimiamme. Kello 6:lta rupeaa päivä sarastamaan. Me saamme siis tunnin kuluttua lähteä matkaan ja ottaa Fullertonin koiran mukaamme."

"Kokonainen tunti! Jokainen minuutti on pitkä kuin vuosisata", valitti Mordaunt.

"Paneudu sohvalle lepäämään", sanoin minä. "Sinä palvelet parhaiten isääsi siten että kokoat voimia minkä voit, sillä matkamme tulee olemaan kylläkin vaivalloinen. Mutta sinähän puhuit äsken kääreestä, jonka isäsi oli minulle lähettänyt."

"Tässä se on", sanoi hän, ottaen taskustaan pienen kirjekääreen, jonka hän antoi minulle. Epäilemättä se selvittää sinulle kaikki mikä nyt näyttää salaperäiseltä."

Käärö oli varustettu kenraalin vaakunalla, lentävällä aarnella, ja sidottu paksulla nuoralla, jonka minä katkaisin metsästysveitselläni."

Osote kuului: "J. Fothergill West." Alempana luettiin: "Annettakoon tälle herralle siinä tapauksessa että kenraalimajori J. B. Heatherstone katoaa tai kuolee."

Viimeinkin minä siis saisin selville sen salaisuuden, joka oli varjostanut meitä! Vapisevin sormin minä mursin sinetit ja avasin kuoren. Kirje ja muutamia paperiarkkeja putosi pöydälle. Minä vedin lampun luokseni, otin kirjeen, joka oli kirjoitettu edellisenä iltana, ja luin seuraavaa:

Rakas West!

Minä olisin mielelläni tyydyttänyt utelijaisuutenne, koskeva sitä ainetta, josta me niin usein olemme puhuneet, mutta teidän itsenne tähden minä pidättäydyin sitä tekemästä. Ikävästä kokemuksestani tiesin, kuinka sietämätöntä on odottaa ratkaisevaa loppukohtausta, jota ei millään tavalla voi viivyttää tai välttää. Vaikka tämä loppukohtaus oikeastaan tarkoittaa ainoastaan minua itseäni, niin tiedän kumminkin että teillä on myötätuntoisuutta minun oman itseni tähden ja siitä syystä että minä olen Gabriellan isä. Minä pelkäsin siis häiritseväni teidän rauhaa ja pysyin siitä syystä hiljaa.

Monet merkit, muitten muassa buddalaisten pappien tulo tälle rannikolle, ovat vakuuttaneet minulle, että pitkästä odotuksestani on tullut loppu ja että koston hetki lähestyy. En voi ymmärtää, miksi olen saanut elää noin neljäkymmentä vuotta sen jälkeen, jolloin tein syntiä. Mutta mahdollista on, että ne, joitten käsissä minun kohtaloni on, tietävät että semmoinen elämä, jota minä olen viettänyt, itsessään on suuri rangaistus. En ainoanakaan tuntina, yönä tai päivänä ole saanut unohtaa olevani heidän käsissään. Heidän kirottu tähtikellonsa on neljänäkymmenenä vuotena soinut sielukellona korvissani ja muistuttanut minulle, että maassa ei ole ainoatakaan paikkaa, jossa minä voisin toivoa saavani olla turvassa. Oi, kuinka minä ikävöitsen lepoa! Haudan toisella puolella ei ainakaan tämä kauhistuttava ääni minua enää vaivaa.

Minä en tässä tahdo kertoa mitä tapahtui lokakuun 5 p:nä 1841 ja mikä aiheutti Ghoolab Shahin kuoleman. Olen repäissyt muutamia lehtiä päiväkirjastani. Ne minä liitän tähän, ja niistä te näette, että meidän tiedemiesten täytyy tunnustaa löytyvän voimia ja lakeja, joita ei eurooppalainen sivistys tunne.

Vaikka ei tarkoitukseni suinkaan ole valittaa, tahdon kuitenkin sanoa että olen paljon kärsinyt. Jumala tietää ettei minulla ole halua ottaa ihmiseltä henkeä, vielä vähemmin silloin kun tämä ihminen on vanha. Mutta luonteeni on aina ollut tulinen ja raju, ja kun vereni on ruvennut kuohumaan, niin en tiedä mitä teen. Ei korpraali enkä minä olisi sormellakaan koskenut Ghoolab Shahiin, jos emme olisi nähneet että hänen väkensä oli tahtonut hyökätä kimppuumme. Niin, tämä on vanha historia, eikä sen toistamisesta ole mitään hyötyä. Älköön kukaan muu joutuko samaan onnettomuuteen!

Minä olen nyt kirjoittanut lyhyen lisäyksen niihin tapahtumiin, jotka olen kertonut päiväkirjassani. Tästä lisäyksestä voi teillä toistaiseksi olla hyötyä.

Ja nyt hyvästi! Tehkää Gabriellasta onnellinen vaimo. Jos sisarenne tahtoo mennä naimisiin minun poikani kanssa huolimatta meitä kohdanneista suruista, niin älkää häntä estäkö. Jättämäni omaisuus on niin suuri, että vaimoni voi huoletta elää. Kun hän on toisessa elämässä yhtynyt minuun, on jäännös jaettava tasan lasten kesken.

Kun saatte kuulla että minä olen mennyt pois, niin älkää surkutelko, vaan toivottakaa sen sijaan onnea

Onnettomalle ystävällenne

John Berthier Heatherstonelle.

Näin heitin kirjeen syrjään ja otin esille ne paperiarkit, jotka sisälsivät salaisuuden selityksen. Niitten reunat olivat repaleisia. Näissä lehdissä nähtävät langan ja gummin jäljet osottivat, että ne oli revitty irti kirjasta. Ensi sivulla oli luettavalla käsialalla kirjoitettuna: "Luutnantti J. B. Heatherstonen päiväkirja Thul-laaksossa syksyllä 1841." Ja alempana luettiin: "Tämä veto selvittää, mitä saman vuoden lokakuun ensi viikkona tapahtui, ja samalla kerrotaan siinä Terada-solassa tapahtuneesta kahakasta ja Ghoolab Shahin kuolemasta."

Minulla on nyt tämä veto edessäni ja otan siitä sanatarkan jäljennöksen.

XV JOHN BERTHIER HEATHERSTONEN
PÄIVÄKIRJA

Thul-laaksossa lokak. 1 p. –

Kaksi meikäläistä rykmentti on tänään kulkenut ohi, matkalla rintamaan. Me söimme parempaa aamuruokaa Bengaalin rykmentin upseerien kanssa.

Näyttää tulevan ankara talvi. Lumivyö vuorilla on laskeutunut tuhat jalkaa, mutta solat tulevat lähimpien viikkojen kuluessa kulkukelpoisiksi, ja jos ne saarrettaisiin, on meillä niin monta varajoukkoa, että Pollock ja Nott vaikeudetta voivat edetä. He eivät tule jakamaan Elphinstonen armeijan kohtaloa.

Elliot tykistön päällikkönä ja minä olemme vastuulliset liikeyhteyden turvallisuudesta noin kahdenkymmenen peninkulman matkalla, aina laakson suusta Lotarin yli vievään puusiltaan asti. Godenough tarkka-ampujain päällikkönä vastaa sillan tuonpuolisesta tiestä, ja eversti-luutnantti Sidney Herbert valvoo molempia osastoja.

Voimamme eivät riitä meille määrättyyn työhön. Minulla on puolitoista komppaniaa omaa rykmenttiämme ja yksi eskadroona sovareita, josta ei ole vähintäkään hyötyä vuorilla. Elliotilla on kolme tykkiä, mutta hän voi käyttää ainoastaan kahta, sillä useat hänen miehensä ovat sairastuneet koleraan. Jokainen sotilasosasto on kumminkin varustettu vartijoilla, mutta nämä ovat riittämättömiä.

Ne laaksot ja rotkot, jotka haarautuvat pääsolasta, ovat täynnä tummaihoisia kansanheimoja, jotka ovat uskonkiihkoisia ja sitä paitsi ryövääjiä ja roistoja. Minua ihmetyttää etteivät he koeta hyökätä muutamain meidän karavaanien kimppuun. He olisivat voineet ne ryöstää ja vetäytyä takaisin vuorille meidän heitä saavuttamatta. Ei mikään muu kuin pelko voi pitää näitä ihmisiä aisoissa. Jos minä saisin olla määrääjänä, hirtettäisiin heistä toinen toisensa jälkeen jokaisen rotkon suulle. Haukannenineen, paksuine huulineen ja pitkine, liehuvine hiuksineen näyttävät he oikeilta paholaisilta. Heidän naurunsa on saatanallisen pilkallista. Ei mitään uutisia tänään rintamalta.

Lokak. 2 p. – Minä olen todellakin pakotettu pyytämään vielä yhden komppaniian Herbertiltä. Jos kimppuumme hyökätään, on välitysyhteys katkaistu. Tänä aamuna on kaksi sanantuojaa lähetetty eri tahoilta ilmoittamaan, että afghanilaiset vuorelaiset ovat ruvenneet astumaan alas vuorilta. Elliot lähti sovareineen yksi tykki mukanaan äärimmäiselle rotkolle, kun minä taas jalkaväkineni riensin lähimmälle. Mutta pian me saimme vakuutuksen siitä että hälytys oli ollut perusteeton.

Minä en nähnyt ainoatakaan vuorelaista, ja vaikka meitä tervehdittiin luotisateella, oli meidän mahdotonta saada vangiksi ainoatakaan noista heittiöistä. Voi heitä, jos he joutuisivat minun käsiini!

Viime aikana emme ole saaneet mitään tietoja rintamasta, mutta tänään ilmoittivat haavoitetut, joita kuletettiin meidän ohi, että Nott oli ottanut Ghuzneen. Minä toivon, että hän lämmitti niitä ryövääjiä, jotka joutuivat hänen käsiinsä. Pollockilta ei ole tullut mitään tietoja. Punjabista tuli norsupatteriia, joka näytti olevan hyvässä kunnossa. Useampia paranevia seurasi mukana, sillä he tahtoivat yhtyä rykmentteihinsä. Minä en tuntenut heistä ketään muuta kuin husaari Mostyn ja nuoren Blackesleyn. Me tupakoimme ja joimme punssia heidän kanssaan aina kello 11:een asti.

Saanut tänään kirjeen Wills & Co:lta siitä laskusta, jonka se olivat lähettäneet minulle Delhistä. Minä olin luullut että keskellä sodan riehunaa saisi olla vapaana moisista kiusallisuuksista. Wills kirjoittaa, että koska eivät kirjeelliset muistutukset mitään auta käy hän minua leirissä tapaamassa. Jos hän todellakin tulee, pidän minä häntä maailman rohkeimpana räätälinä.

Lokak. 3 p. – Hyviä uutisia rintamasta. Barcley on tuonut tänne pikasanomia. Viime kuun 16 p:nä on Pollock voittajana marssinut Kabuliin. Te Deum laudamus (sinua, Jumala kiitämme)! Minä toivon että kaupunki muutetaan soraläjäksi ja että kaduille kylvetään suolaa. Kaikessa tapauksessa on linna hävitettävä. Täten saavat Burnes ja moni muu meidän urhoollinen tietää, että vaikka emme voineetkaan heitä pelastaa, me kumminkin kostamme heidän puolestaan.

On vaikeaa viipyä tässä kurjassa paikassa, kun muitten on suotu olla mukana taistelussa niittämässä voittoa ja kunniaa. Eräällä meidän jemidaarilla [Jemidaareiksi sanotaan Englannin armeijassa palvelevia hindulaisia upseereja] oli tänään mukanaan vuorelainen, joka sanoo että afghanilaiset keräytyivät joukoittain Terada-solaan, kymmenen peninkulmaa pohjoiseen päin meistä, ja että he aikovat hyökätä seuraavan sotilasjoukon kimppuun. Tämänlaatuisiin tietoihin ei kumminkaan aina ole luottamista. Minä ehdotin että me ampuisimme ennustajamme ja siten estäisimme hänet tekemästä kahdenkertaista kavallusta ilmoittamalla kansalleen meidän aikeet. Elliot ei hyväksynyt minun ehdotustani. Minä en voi sietää puolinaisia toimenpiteitä. Lopuksi saatoin kehoittaa hänet pidättämään mies vankina ja ampumaan hänet, jos hänen tietonsa olisivat vääriä. Viimeinen sotilasjoukkue kuletti mukanaan suuren joukon säilytysastioita, jotka sisälsivät kastia. Mutta koska oli unohdettu ottaa mukaan mitään syötävää lahjoitettiin kasti sovareille, jotka halulla joivat sitä. Olemme saaneet tietää, että toinen suuri sotilasjoukkue voi parin päivän päästä olla täällä. Se tulee tasangolta.

Lokak. 4 p. – Afghanilaisilla on tositarkoitus tällä kerralla. Kaksi meikäläistä vakoilijaa toi eilen sen tiedon, että vihollinen todellakin kokoontuivat Terada-solaan. Me odotamme joukkuetta aamulla varhain, mutta ennen sen tuloa ei meidän tarvitse pelätä hyökkäystä.

Minä olen tehnyt oivallisen suunnitelman, ja Elliot on sen hyväksynyt. Tarkoituksemme on mennä pitkin laaksoa joukkuetta vastaan ja saartaa erään solan suu, josta odotamme hyökkäystä.

Mutta itse asiassa teemme yömarssin joukkueen leiripaikalle. Ja sinne ehdittyämme kätken minä 200 miestäni vaunuihin ja matkustan joukkueen kanssa takaisin.

Vihollisemme, jotka ovat saaneet kuulla että me olemme menneet etelään päin ja nähdessään joukkueen menevän pohjoiseen päin ilman meitä hyökkäävät luonnollisesti sen kimppuun siinä luulossa että me olemme kahdenkymmenen peninkulman päässä heistä. Me annamme heille läksytyksen, jota eivät he koskaan unohda.

139

Elliotin tykit näyttävät hedelmäkaupustelijain rattailta. Tykkimiehet piiloutuivat niihin rattaisiin, jotka seuraavat tykkejä. Jalkaväki muodostaa etu- ja jälkijoukon. Me olemme ilmoittaneet luotettaville maassa syntyneille palvelijoillemme sen suunnitelman, jota emme aio hyväksyä, sillä jos tahtoo antaa tiedoksi jonkun asian, tulee ilmoittaa jollekin maassa syntyneelle palvelushengelle.

Kello 8.45 illalla. – Nyt me lähdemme matkaan joukkuetta tapaamaan. Seuratkoon onni meitä!

Lokak. 5 p. – Kello 7 illalla. Me olemme voittaneet, Elliot ja minä. Juuri nyt olen palautunut, väsyneenä ja näännyksissä vaatteet tomun ja veren tahraamina. Mutta ennen kuin muutin vaatteita tai edes peseydyin, tahdoin huvittaa itseäni merkitsemällä päiväkirjaan, mitä tänään olen kokenut. Tämä toimenpide on sitä paitsi oleva valmistuksena siihen viralliseen tiedonantoon, jonka Elliotin ja minun täytyy toimittaa tapauksesta.

Sopimuksen mukaan lähdimme joukkueen leiripaikalle. Chamberlain päällikkyyttä pitävä upseeri. Me selitimme hänelle asiain tilan, ja päivänkoitteessa olimme valmiina lähtemään. Meidän täytyi jättää useampia tonneja heinää, saadaksemme sijaa indialaisille sotilaillemme ja tykistölle. 6:n ajoissa oli kaikki valmiina, ja me lähdimme matkaan. Saattojoukkomme ei seurannut meitä säännöllisessä järjestyksessä, sillä emme tahtoneet herättää epäluuloja.

Minä näin että tällä kerralla olisi tosi kädessä. Tähystyspaikastani, joka oli telttipeitteen takana niissä vaunuissa, joissa olin ottanut paikkani, huomasin turbaanilla peitettyjä päitä pistäytyvän esiin kallioilta. Mutta kun me saavuimme Teradasolalle, joka oli tavattomien vuoriseinien rajoittama, rupesimme ymmärtämään että viholliset olivat kokoontuneet tänne, ja jos emme olisi pitäneet niin tarkkaa tähystystä, olisimme epäilemättä joutuneet satimeen.

Mutta nyt pysähtyi joukkue, ja kun viholliset näkivät että heidät huomattiin, rupesivat he ampumaan meitä. Minä olin pyytänyt Chamberlainin verkalleen perääntymään. Sotajuoni onnistui. Kun punatakit peräytyivät, seurasivat viholliset heitä ilosta ulvoen ja hyppivät kiveltä kivelle heidän perässään. Tummine, surkeannäköisine kasvonpiirteineen ja liehuvine vaatteineen olisivat he soveltuneet malliksi jollekin maalaajalle, joka olisi halunnut tulkita Miltonin esitystä tuomittujen sotajoukoista. Kaikilta puolilta tunkeutuivat he esiin, sillä he luulivat että voitto oli jo niin hyvin kuin saatu, ja heidän keskellään liehui profeetan lippu.

Nyt oli meillä tilaisuus käsissä, ja me riensimme käyttämään sitä hyväksemme. Kaikista vaunuista paukkui laukauksia, ja luodit sattuivat tiheään sullottuihin joukkoihin. Näitten vastarinnan tekeminen oli turhaa. Viholliset pakenivat ja koettivat pelastautua. Nyt oli meidän vuoro ajaa takaa. En koskaan ole saanut niin pikaista ja perinpohjaista voittoa. Vihollisen peräytyminen muuttui hurjaksi paoksi vuorille.

Saatuani heidät käsiini en tahtonut päästää heitä niin helpolla. Minä päätin antaa heille semmoisen läksytyksen, jota eivät koskaan unohtaisi. Me seurasimme kintereillä ja tulimme Terada-solaan. Chamberlain ja Elliot jäivät vartioitsemaan solan suuta, kun minä tunkeuduin indialaisineni ja tykistöineni eteenpäin. Kankeat eurooppalaiset virkapukumme ja tottumattomuutemme vuorilla kiipeilemiseen olisi kuitenkin ehkäissyt menestystämme, jos ei onni olisi meitä suosinut. Pääsolasta aukeaa pienemmän rotkon suu. Kiireessään ja hämmästyksessään olivat muutamat pakolaiset menneet sinne. Minä arvioin heidän lukumääränsä 60 tai 70:ksi ja olin juuri aikeessa mennä heidän ohitsensa, ajaakseni takaa pääjoukkoa. Samassa syöksyi eräs vakoojani esiin ja ilmoitti minulle että kapeampi rotko oli nuotanperä, ja etteivät siis ne afghanilaiset, jotka olivat menneet sinne voineet päästä pakoon raivaamatta ensin tietä meidän joukkojen läpi. Tässä oli tilaisuus kostaa, enkä minä tahtonut jättää sitä käyttämättä?

Kehotettuani Chamberlainia ja Elliotia ryntäämään pääsolaan, ajaakseni takaa sitä suurta joukkoa, joka oli paennut sinne, lähdin minä poikineni ahtaampaan solaan, johon me tunkeuduimme hitaasti ja varovaisesti. Ei schakaalikaan olisi päässyt pujahtamaan sivuitsemme meidän sitä huomaamatta. Kapinoitsijat olivat vangittuina kuin rotat satimessa.

Sola, jossa me olimme, oli majesteetillisin ja kolkoin mitä koskaan olen nähnyt. Kummallakin puolella kohoutuvat jyrkät vuorenseinät, jotka olivat enemmän kuin tuhat jalkaa korkeat. Ne lähenivät toisiaan niin että ainoastaan kapea juomu päivänvaloa oli nähtävissä. Rotko oli suulta jokseenkin leveä, mutta kapeni kapenemistaan, jota kauemmaksi me etenimme. Tässä ihmeellisessä rotkossa vallitsi melkein puolipimeys. Maa oli epätasaista, mutta me riensimme eteenpäin niin nopeaan kuin mahdollista. Minä näin että me lähestyimme sitä kohtaa, jossa vuorenseinät yhtyivät, muodostaen terävän kulman. Juuri itse kulmassa oli kiviläjiä, ja pakolaisemme kiipesivät nyt sille. Nähtävästi olivat he menettäneet rohkeutensa ja olivat kykenemättömiä vastustamaan. He olivat tarpeettomia vankeina eikä heitä vapauteen laskeminen tullut kysymykseenkään. Sapeli paljastettuna johdin minä väkeäni, kun meidät äkkiä pysähti näky, jonka usein saa nähdä Dryry Lanesin teatterissa, mutta harvoin tai ei koskaan todellisessa elämässä.

Toisessa kallioseinässä, ei kaukana kalliolajästä, oli luola, joka paremmin soveltui eläimen kuin ihmisen asunnoksi. Sen pimeydestä astui esiin vanha mies, niin vanha, että kaikki vanhat sotilaat näyttivät maitoleuoilta häneen verrattuina. Hänen hiuksensa ja partansa olivat lumivalkeat ja ulottuivat kauas selälle ja rinnalle. Kasvot olivat ryppyiset, ruskeat ja lihattomat, näyttäen apinan ja muumion välimuodolta. Silmät loistivat kuin mahonkipohjalle kiinnitetyt timantit.

Tämä ihmeellinen olento syöksyi ulos luolasta, asettui pakolaisten ja meidän väliin ja osotti majesteetillisella kädenliikkeellä, että me vetäytyisimme takaisin.

Jyrisevällä äänellä huudahti hän ymmärrettävällä englanninkielellä:

"Tämä paikka on pyhä. Täällä vajoudutaan rukoukseen ja mietiskelyyn teurastuksen ja murhan sijasta. Vetäytykää takaisin ettei jumalien viha teitä kohtaisi!"

"Menkää tieltä ukko", huudahdin minä. "Te joudutte itse vaaraan, jos ette ole varoillanne."

Minä huomasin, että afghanilaiset rohkaistuivat ja että oma väkeni epäröi. Nähtävästi täytyi minun esiintyä tarmokkaana, jos mieli päästä voitolle. Minä riensin siis tykkiväen etunenässä eteenpäin. Vanhus seurasi meitä kädet levitettyinä, ikäänkuin olisi tahtonut pidättää meidät. Mutta kun ei minulla ollut aikaa viivytellä pikkuasioissa lävistin minä hänen ruuminsa miekallani samassa silmänräpäyksessä kun eräs ylikonstaapeli ratsupyssyllään antoi hänelle iskun päähän. Vanhus kaatui silmänräpäyksessä maahan. Nähdessään hänen kaatuvan päästivät afghanilaiset kauhun ja hämmästyksen huudon. Indialaiset, jotka olivat olleet halukkaita peräänty- mään, tulivat nyt avukseni ja pian oli voittomme täydellinen. En luule ainoankaan miehen päässeen hengissä solasta.

Tappiomme oli mitätön, – ainoastaan kolme kuollutta ja viisitoista haavoittunutta. Me otimme heidän lippunsa, joka oli väriltään viheriä, ja jossa oli luettavana koraanista otettu värs- sy.

Kun kaikki oli päättynyt, tähystelin minä nähdäkseni vanhuksen ruumiin, mutta se oli kadonnut, vaikka minä en voi käsittää, miten se oli tapahtunut. Hänen verensä tulkoon hä- nen omalle päälleen! Hän olisi vielä elänyt, jos ei hän olisi tah- tonut, kuten konstaapelit sanovat Englannissa "ehkäistä upsee- ria hänen velvollisuutensa täyttämisessä".

Minä olen nyt saanut kuulla että hänen nimensä oli Ghoolab Shah ja että hän oli suuri ja pyhä buddalainen. Hän- tä pidettiin profeettana ja hän voi tehdä ihmetöitä. Kerrottiin että hän asui juuti tässä luolassa, kun Tammerlan kulki tätä tie- tä vuonna 1307. Minä menin luolaan ja minusta on ihan käsit- tämätöntä, miten ihminen olisi saattanut siellä viikkoakaan viettää. Luola oli ainoastaan neljä jalkaa korkea ja sitä paitsi pimeä ja kostea. Puupenkki ja vaatimaton pöytä oli koko huo- nekalusto. Pergamenttirullia, jotka olivat täynnä hieroglyyfi- kirjoitusta, oli sekaisin kaikkialla.

Niin, nyt on hän mennyt siihen maahan, jossa rauhan evankelio voittaa kaikki pakanalliset noitatemput. Rauha hä- nelle!

Elliot ja Chamberlain eivät saaneet kiinni ketään niistä,

jotka pakenivat suuren solan kautta. Minä olen päivän sankari. Nyt voin ajatella korotusta. Minun täytyy kumminkin hankkia jotakin syötävää sillä minä olen "valmis kuolemaan nälkään". Kunnia on ihanaa, mutta ei sillä voi elää.

Lokak. 6 p. kello 11 a. p. – Minä koetan niin selvästi ja tyynesti kuin mahdollista kertoa mitä viime yönä tapahtui.

Koskaan en minä ole ollut uneksija enkä näkyjen näkijä ja voin vakuuttaa että aistimeni ovat täysikuntoiset, vaikka kyllä mielelläni tahdon tunnustaa, että jos joku muu olisi kertonut minulle semmoista, olisin epäillyt hänen puheensa todenperäisyyttä. Olisin tietysti uskonut pettyneeni, jos en sitten olisi kuullut kellon ääntä. Nyt minä tein kiertokävelyn indialaisen upseerini kanssa ja saatuani vakuutuksen siitä että kaikki oli asianmukaisessa kunnossa, menin minä 11 aikaan levolle.

Olin juuri nukkumaisillani, sillä minä olin rättiväsynyt päivätyön päätyttyä, kun heräsin hiljaiseen paukkeeseen, ja kun tähystelin ympärilleni, huomasin aasialaiseen pukuun puetun miehen seisovan telttikäytäväni suulla. Hän oli liikkumaton, mutta katseli minua ankaran ja juhlallisen näköisenä.

Ensi ajatukseni oli että minulla oli edessäni kiihkoisa vihollinen, joka oli hiipinyt aina tänne asti minua tappamaan. Minä koetin hypähtää pystyyn puolustautuakseni häntä vastaan, mutta minun oli mahdoton liikuttaa ainoatakaan jäsentä. Vaikkapa olisin nähnyt tikarinkärjen ojennettavan rintaani vastaan, niin en ainoallakaan liikkeellä olisi voinut sitä välttää. Minä luulen että lintu ollessaan käärmeitten hurmaamana tuntee samaa mitä minä tunsin, kun silmäni tapasivat tuon kolkon muukalaisen katseen. Pari kertaa ummistin silmäni ja koetin kuvitella uneksivani, mutta kun ne avasin, seisoi mies siinä ja

katsoi uhkaavasti minuun. Hiljaisuus kävi viimein sietämättö-
mäksi. Tuntui siltä että minun täytyisi ponnistaa kaikki voi-
mani kyetäkseni puhumaan hänelle. Minä en ole mikään
heikkohermoinen mies enkä ensimmältä ymmärtänyt, mitä
Virgilius tarkoitti, kun hän kirjoitti: "Adhesit faucibus ora"
(kieli tarttui suulakeen).

Viimein saatoin mongertaa muutamia sanoja ja kysyin,
kuka hän oli ja mitä hän tahtoi.

"Luutnantti Heatherstone", vastasi hän pitkäveteisesti ja
vakavasti, "te olette tänään tehnyt suurimman ilkityön mikä
ihmisen on mahdollista tehdä. Te olette tappanut kolmenker-
taisesti siunatun miehen, ensi asteen pääadeptin, vanhemman
veljen, joka on vaeltanut viisauden tietä useampana vuotena
kuin te olette elänyt kuukausia. Te katkaisitte hänen elämän-
lankansa aikana, jolloin hänen työnsä oli melkein täytetty ja
jolloin hän oli saavuttamaisillaan suurimmat salatut tiedot, jot-
ka olisivat vieneet ihmisen askelta lähemmäksi hänen luoja-
ansa. Kaiken tämän olette te tehnyt aiheettomasti ja juuri siinä
silmänräpäyksessä, jolloin hän rukoili avuttomien ja onnetto-
mien puolesta. Kuunnelkaa nyt minun sanojani, John
Heatherstone."

"Monta tuhatta vuotta sitten, kun salattuja tieteitä ensin
vainottiin, huomasivat oppineet ihmisen olemassaolon liian ra-
joitetuksi salliakseen ihmisen kehittymästä sielunelämän kor-
keimmille asteille. Sen ajan viisaat omistivat siis voimansa, etu-
päässä ikänsä pitentämiseen, saadakseen tilaisuuden lisätä tie-
tomääräänsä. Koska he tunsivat luonnon salaiset lait, voivat he
aseistautua tautia ja korkean iän raihnaisuutta vastaan. Jälellä
oli ainoastaan keinon etsiminen, millä voisivat suojella itseään

pahojen ja väkivaltaisten ihmisten hyökkäyksiltä, ihmisten, jotka aina ovat valmiit hävittämään sitä, mikä on viisaampi ja parempaa kuin he itse ovat.

Mitään suoranaisia välineitä ei tämän suojan hankkimiseksi voitu keksiä, mutta sen sijaan määräsivät salatut voimat kauhean ja välttämättömän koston sille ihmiselle, joka tappaa adeptin. Nämä lait ovat vielä tänä päivänä voimassa, John Heatherstone ja te olette niitten rangaistavana. Vaikka te olisitte kuningas tai keisari, niin ette sittenkään välttäisi niitten rangaistusta. Teillä ei siis ole mitään laupeutta odotettavissa."

"Entisinä aikoina kuoli murhaaja aina samana hetkenä, jolloin hänen uhrinsakin, mutta sittemmin muutettiin tämä laki, sillä asia katsottiin siksi, että murhaajan tulisi saada aikaa käsittää ja ymmärtää se rikos, jonka hän oli tehnyt. Siitä syystä määrättiin, että kaikissa semmoisissa tapauksissa jätettäisiin kosto pyhän miehen oppilasten chelasten tehtäväksi. Näillä olisi valta mielensä mukaan pitentää tai lyhentää aikaa ja vaatia kosto vuosipäivänä siitä päivästä, jolloin rikos tehtiin. Teidän ei tarvitse tietää, miksi rangaistus kohtaa teitä semmoisena päivänä. Riittää kun tiedätte olevanne kolmenkertaisesti siunatun Ghoolab Shahin murhaaja ja että minä olen vanhin niistä kolmesta chelasta, jotka ovat saaneet käskyn kostaa hänen kuolemansa."

"Ennemmin tai myöhemmin me siis tulemme tapaamaan teitä, vaatiaksemme henkeänne sovitukseksi siitä, jonka olette ottanut. Sama kohtalo odottaa tuota kurjaa sotamies Smithiä, joka vaikka vähemmin rikollisena kuin te, on tuottanut itselleen saman rangaistuksen nostamalla kätensä Buddan valittua vastaan. Jos te saatte elää muutamia vuosia, niin tapahtuu se ainoastaan siitä syystä että saatte aikaa katua rikostanne ja tuntea olevanne tuomittu. Te ette koskaan tule unohtamaan tekemäänne pahaa, sillä meidän tähtikello muistuttaa teille aina menneisyyttä ja tulevaisuutta. Te kuulette sen päivällä ja yöllä ja se on oleva teillä merkkinä, että te, – missä tahansa olettekin ja mitä tahansa tehnettekin ette koskaan voi vapautua Ghoolab Shahin clelaista. Te ette näe minua ennen kuin sinä päivänä, jona me tulemme noutamaan henkeänne. Pelossa ja kuolontuskassa vietetty elämä on kuolemaa pahempi."

Tehden uhkaavan liikkeen kääntyi olento ja poistui teltistä.

Samassa silmänräpäyksessä katosi raukeus, joka oli painanut minun jäseniäni. Minä hypähdin vuoteeltani ja katsoin ulos telttiaukosta. Vartijasotamies seisoi muutaman askelen päässä minusta, pyssyynsä nojautuen.

"Mitä sinä, kurja lurjus, ajattelet, kun sallit ihmisten sillä tavalla häiritä minua", sanoin minä hindustaninkielellä.

"Onko sahibia häiritty", kysyi hän.

"Juuri nyt. Pari sekuntia sitten. Sinun on täytynyt nähdä hänen menevän ulos minun teltistäni."

"Sahib varmaankin erehtyy", vastasi mies kunnioitusta osottavalla mutta vakavalla äänellä. "Minä olen ollut tässä tunnin ajan, eikä ainoakaan ihminen ole mennyt ulos teltistä."

Hämmästyneenä ja tyytymättömänä istuin minä vuoteeni viereen ja tuumailin että kaikki olisikin vaan harhanäkyä, joka oli syntynyt heikkohermoisuuteen asti kiihoittuneesta tilastani edellisenä päivänä. Silloin tapahtui uusi ihme. Juuri pääni kohdalta kuului kirpeän sointuva ääni. Minä katsein ylös, mutta en huomannut mitään. Minä tarkastin huolellisesti koko teltin, mutta keksimättä tuon omituisen äänen syytä.

Viimein heittäydyin minä rutiväsyneenä vuoteelle ja nukuin melkein heti.

Aamulla herättyäni olin taipuisa uskomaan että yön tapahtumat olivat ainoastaan esiintyneet mielikuvituksessani, mutta tuskin olin ehtinyt nousemaan vuoteeltani, kun sama ihmeellinen ääni taas tapasi korvani. Minä en voi käsittää, mikä se on ja mistä se tulee. Onko tämä se varoittava kello, josta mies puhui? Olen koettanut muistaa ja kirjoittaa mitä hän sanoi, mutta pelkään unohtaneeni useamman seikan. Mikä on oleva tämän ihmeellisen historian loppu? En ole sanonut mitään Elliotille ja Chamberlainille. He väittävät että minä näytän sairaalta ja kurjalta.

Samana iltana. – Olen ollut tilaisuudessa puhumaan tykkimies Rufus Smithin kanssa. Hän on nähnyt saman näyn ja myös kuullut saman äänen. Mitä tämä kaikki merkitsee?

Lokak. 10 p. (neljä päivää myöhemmin.) – Jumala auttakoon meitä!"

Näillä sanoilla päättyi päiväkirja.

Mukana seurasi lisäys, jonka kenraali hiljattain oli liittänyt päiväkirjaan.

"Tästä päivästä alkaen", kirjoitti hän, "en yöllä enkä päivällä saanut rauhaa tuolta kauhealta ääneltä. Vuosia on vierinyt, mutta levottomuuteni ei vähene vaan yltyy. Minä olen sekä sielultani että ruumiiltani murtunut mies. Minä elän aina jännitystilassa ja vaivaan korviani kuullakseni tuon vihatun äänen. Minulla ei ole odotettavissa toivoa eikä lohdutusta haudan tällä puolella. Jumala tietää että minä ikävöitsen kuolemaa, ja kun lokakuun viides päivä tulee, niin olen kuitenkin ihan suunniltani pelosta, sillä enhän minä tiedä, mikä kauhea kohtalo minua odottaa.

Neljäkymmentä vuotta on kulunut siitä, jolloin minä tapoin Ghoolab Shahin ja neljäkymmentä kertaa olen ollut kuoleman kauhun ympäröimänä, saamatta sitä siunattua rauhaa, joka löytyy haudan tuolla puolella. Olen saattanut tälle autiolle paikalle asumaan ja ympäröinyt huoneeni korkealla lankkuaidalla, sillä täytyyhän minun tehdä jotakin itsepuolustukseksi.

Olen ylpeä siitä etten ole käyttänyt sinihappoa enkä opiumia! Olisinhan minä näitä välineitä käyttämällä aina päässyt vainoojistani. Mutta minä olen saanut sen opetuksen, ettei miehen koskaan tule luopua tehtävästään. Sen sijaan on ensinkään epäilyt antautua vaaraan Indian sodan aikana, mutta kuolema vältti aina minua, ja minut kuormitettiin arvomerkeillä ja kunnianosotuksilla osotetun urhoollisuuteni tähden.

Suuren lohdutuksen on kaitselmus antanut minulle uskollisessa ja rakkaassa vaimossani. Ennen häitämme uskoin minä hänelle kauhean salaisuuteni, mutta siitä huolimatta tahtoi hän kuitenkin jakaa minun kohtaloni. Hän on todellakin jakanut minun kuormani, mutta on melkein musertunut sen painon alla.

Lapsenikin ovat tuottaneet minulle suurta lohdutusta. Mordaunt tietää kaikki tai melkein kaikki. Olemme koittaneet salata asian Gabriellalta, vaikka hän kyllä aavistaa, ettei kaikki ole niinkuin olla pitäisi.

Minä toivon että tämän paperin sisällys annetaan Straen-raerin tohtori John Easterlingin tiedoksi. Hän kuuli kerran itse kellonsoinnin. Tekemäni surullinen kokemus voi hänelle osot-taa minun puhuneen totta, kun sanoin tässä maailmassa löyty-vän voimia, jotka ovat tuntemattomia Englannissa.

J. B. Heatherstone."

Päivä rupesi koittamaan, kun minä olin lopettanut tämän ihmeellisen historian lukemisen, jota sisareni ja Mordaunt oli-vat suurimmalla tarkkuudella kuunnelleet.

Tähdet olivat ruvenneet vaalenemaan ja harmaa valo loisti idässä. Mies, jolla oli vainukoira, asui parin peninkulman päässä, ja meidän oli siis aika lähteä matkaan. Uskottuamme Esterin tehtäväksi asian kertomisen isällemme, varustauduim-me me tarpeellisilla matkaeväillä ja lähimme viipymättä käy-mään.

XVI Syvänne

Alussa oli niin pimeä että vaivoin osasimme mennä oikeaa tietä kankaan poikki, mutta päivänkoitto tuli pian avuksemme ja Fullertonin tuvalle päästyämme oli ihan valoisa. Vaikka oli niin varhainen aamu oli mies jo pystyssä. Muutamin sanoin selitimme me hänelle asiamme, ja hän oli heti valmis sopivasta korvauksesta lainaamaan koiransa ja tulemaan itsekin mukana.

Mordaunt olisi mieluimmin tahtonut, että mies olisi jäänyt kotiin, mutta minun mielestäni tulisi hänen seurata meitä, sillä ei kukaan tietänyt, mitä mahdollisesti voisi tapahtua. Minun tahtoni pääsi voitolle, ja sekä mies että koira seurasivat meitä.

Eräänlainen yhtäläisyys oli tuolla takkuisella eläimellä ja hänen isännällään, jolla oli pörröinen kellervä tukka ja pitkä, vanukkeinen parta. Koko matkalla linnaan ylisti hän koiransa tavatonta älykkäisyyttä, mutta minä pelkään että hänen kuulijansa hyvin vähän tarkkasivat hänen puhettaan. Minä en voinut riistää ajatuksiani äsken lukemastani ihmeellisestä kertomuksesta. Mordaunt astui pitkiä askelia, ja hänen poskensa hehkuivat ja silmissään oli hurja loiste. Joka kerta kun me pääsimme mäen kukkulalle, katsoi hän kiihkeästi ympärilleen toivossa saavansa nähdä kadonneiden jäljet, mutta ei ainoatakaan elon tai liikkeen merkkiä ollut nähtävissä. Kaikki oli kuollutta, äänetöntä ja autiota.

Linnassa käyntimme oli hyvin lyhytaikainen. Mordaunt juoksi

sisälle ja palasi kainalossaan vanha takki, joka oli ollut isän oma. Hän antoi se Fullertonille, joka näytti sen koiralleen.

Älykäs koira haisteli sitä ja juoksi ulvoen lehtikujaa takaisin, palasi taas vielä kerran haistelemaan takkia, viuhtoi häntäänsä ja ulvoi taas muutaman kerran kiivaasti näyttääkseen että se nyt oli valmis tekemään tehtävänsä. Sen kaulaan pantiin nuora, ettei se juoksisi tiehensä. Isäntä piti nuorasta ja me lähdimme matkaan.

Pari sataa kyynärää seurasimme me maantietä, menimme sitten pensasaidan aukosta kankaalle ja jatkoimme matkaamme pohjoiseen suuntaan. Aurinko oli nyt noussut kappaleen matkaa taivaanrannan yläpuolelle, kullaten loistollaan sinisen meren ja etäällä kohoutuvat kukkulat.

Koira ei ainoatakaan kertaa kadottanut jälkiä, sillä ei se pysähtynyt eikä epäröinyt, vaan veti perässään isäntäänsä semmoisella kiireellä, että kaikki keskustelu oli mahdotonta. Kun me kerran olimme menneet pienen puron poikki, näytti siltä että olimme muutaman askelen poikenneet oikealta tieltä, mutta muutaman sekunnin kiivaasti vaanittuaan, ulvahti koira taas, ja riensi eteenpäin tiettömällä kankaalla. Jos emme kaikki kolme olisi olleet oivallisia kävelijöitä, emme olisi voineet seurata mukana, erittäinkään kun maa oli epätasainen ja kanerva toisinaan ulottui vyötäisillemme asti.

Minä en osannut ajatella, mitä tapahtuisi meidän päästyämme matkamme perille. Voisiko olla mahdollista että noilla kolmella buddalaisella olisi ollut laiva saatavilla ja että he vankeineen sillä nyt matkustaisivat itäänpäin? Tie, jota kävimme, näytti vahvistavan minun luuloni, sillä se kulki yhdensuuntaisesti lahden rannan kanssa. Mutta kauan ei kestänyt, kun me poikkesimme ulommaksi ja tulimme kauemmaksi sisämaahan.

Kello oli 10, kun meidän kaksitoista peninkulmaa käytyämme täytyi pysähtyä vetämään henkeä, sillä viimeiset kaksi peninkulmaa olimme me kulkeneet Wigtownin ylänteitä ylöspäin, jotka ovat enemmän kuin tuhat jalkaa korkeat. Korkeimmalle kohdalle päästyämme näimme kolkon maiseman leviävän pohjoisen suuntaan. Aina taivaanrantaan asti ei näkynyt muuta kuin liejua ja vettä mitä räikeimmässä sekasorrossa. Ikään kuin maanosa olisi ollut muodostumistilassaan. Siellä täällä kasvoi ruskeassa lätäkössä muutamia kellertäviä ruokoja. Muutamat sikseen jätetyt turvehaudat osottivat, että ihmiset täälläkin olivat koettaneet vaatia maalta sen aarteita, mutta nämä kokeet olivatkin ainoat ihmistyön merkit. Ei edes varis eikä kalalokki käynyt tässä erämaassa.

Tämä on se suuri lätäkkö, joka on saanut Cree-nimen. Kartasta näkee, että se peittää suuren osan Wigtownshiren pintaa. Se on suolaista vettä sisältävä järvi, syntynyt meren anastuksesta ja se on niin täynnä petollisia hyllyviä nevoja ja vaarallisia läpiä, ettei kukaan, joka ei tarkalleen tunne paikkaa, uskalla mennä sinne ilman opasta.

Kun me lähestyimme kaislaa, joka oli patamon rajana, nousi epäterveellinen kostea haju alallaan seisovasta vedestä. Paikka, jossa me olimme, näytti niin kolkolta ja kauhealta, että talonpoika kieltäytyi seuraamasta meitä pitemmälle, ja meidän täytyi käyttää koko kehoituskykymme pakottaaksemme häntä jatkamaan matkaa meidän kanssa. Vainukoiramme, johon ei kolkko ympäristö mitään vaikuttanut, jatkoi haukkuen matkaa kuono maahan kääntyneenä ja ruumis väristen innostuksesta.

Meidän ei ollut vaikeaa raivata itsellemme tietä järven poikki, sillä missä viisi oli kulkenut edellä siinä oli kolmen helppo seurata perässä. Jos olimme epäilleet koiran opastustaitoa, oli tämä epäilys nyt kokonaan haihtunut, sillä pehmeässä liejussa saatoimme me helposti nähdä etsimäimme miesten jäljet. He olivat käyneet rinnakkain yhtä kaukana toisistaan. Ei ollut käytetty mitään ruumiillista väkivaltaa, jolla kenraali ja hänen palvelijansa olisi pakotettu seuraamaan mukana. Pakko, jota oli käytetty, oli ollut henkistä laatua.

Me olimme hyvin varoillamme poiketaksemme siltä tieltä, joka antoi meille jalantukea. Molemmin puoli meitä nousi vesi siellä täällä maanpinnalle, jota kuihtuva kasvullisuus peitti. Keltaisia ja purppuranvärisiä sieniä loisti rämeiköllä, ja lihavia, punakkaita matoja ryömi vaalentuneiden kaislojen välissä. Suuret hyönteisparvet muodostivat keveän pilven päittemme ja käsiemme ympäri ja ne pistelivät meitä myrkyllisillä pistimillään. Minä en koskaan eläessäni ollut ollut niin kolkossa paikassa kuin tämä oli. Mutta Mordaunt Heatherstone astui rivakasti eteenpäin, eikä meillä ollut muuta neuvoa kuin seurata häntä.

Sillä välin kapeni tie kapenemistaan, ja me huomasimme, että etsimiemme miesten oli täytynyt käydä peräkkäin samassa rivissä. Fullerton meni nyt koiransa kanssa edellä. Mordaunt seurasi hänen kintereillään ja minä muodostin jälkijoukon.

Talonpoika oli pitkän ajan ollut vastenmielinen ja tympeä ja tuskin vastannut hänelle tehtyihin kysymyksiin, mutta nyt pysähtyi hän tykkänään ja kieltäytyi jyrkästi käymästä ainoatakaan askelta edemmäksi.

"Tässä minä teen käänteen, sillä nyt minä tiedän mihin mennään", sanoi hän.

"Mihin sitten mennään", kysyin minä.

"Creen syvänteelle", vastasi hän. "Minä luulen että se on tässä lähellä."

"Creen syvänteelle kö?"

"Se on niin syvä ettei kukaan koskaan ole löytänyt sen pohjaa. Kansa väittää että siitä juuri johtaa ovi manalan syvyyteen."

"Oletteko te ollut siellä", kysyin minä.

"Ollut siellä! Mitä minä siellä tekisin? Ei, yksikään ihminen, jolla on terve järkensä tallella ei koskaan mene sinne."

"Mistä te sitten tiedätte että tuo syvänne todellakin on olemassa?"

"Isänisäni isä on ollut siellä, ja sentähden minä sen tiedän", vastasi Fullerton. "Eräänä lauantai-iltana oli hän aika humalassa ja löi vetoa mennäkseen sinne. Hän ei jälestäpäin mielellään puhunut siitä käynnistään eikä koskaan kertonut näkemästään. Hän oli ikäänkuin mieletön kun joku vaan puhui syvänteestä. Totelkaa siis minun neuvoani ja palatkaa kotiin, sillä siihen paikkaan menemisestä ei lähde mitään hyvää."

"Me voimme jatkaa matkaamme ilman teitä", huomautti Mordaunt. "Jos vaan lainaatte meille koiraanne, niin voitte kääntyä kotimatkalle."

"E-enpäs", huusi hän. "Minä en tahdo koirani joutuvan saatanan kynsiin. Sentähden täytyy sen seurata minua."

"Koira seuraa meitä", puhkesi seuralaiseni puhumaan säkenöivin silmin. "Meillä ei ole aikaa riidellä teidän kanssa. Katsokaa, tässä minä jätän teille 5 punnan setelin. Jos estätte meitä ottamasta koiraa, niin minä heitän teidät veteen."

Mies otti toisella kädellään setelin samalla kun hän toisella jätti Mordauntille nuoran, joka oli koiran kaulassa. Hänen poistuessaan jatkoimme me matkaamme kauemmaksi järvelle. Liejussa näkyivät syvät jäljet kiihottivat meitä jouduttamaan askeliamme. Tunkeuduttuamme kokonaisen pienen kaislametsän läpi, tulimme me niin kolkkoon paikkaan että jos Dante olisi sen nähnyt olisi hän siitä saanut uutta ainetta kuvauksiinsa manalasta.

Koko rämeikkö aleni tässä ratinmuotoiseksi syvänteeksi, jonka keskessä oli noin 40 jalan levyinen aukko. Maa vietti vesipyörrettä kohden kaikilta suunnilta. Nähtävästi oli tämä se syvänne, jota paikkakunnan väestö niin pelkäsi. Enkä minä asiaa ihmetellytkään, sillä kolkompaa seutua en koskaan ole nähnyt.

Sieltä nousi läkähdyttävä haju, ja me kuulimme sorisevan äänen, ikäänkuin vesi olisi kiehunut. Minä heitin syvänteeseen suuren kiven, joka makasi liejuun vajonneena mutta emme kuulleet sen putoamista pohjaan.

Kumartuessamme haisevan veden yli, kuulimme me yhtäkkiä sointuvan äänen sen syvyydestä. Mahdollista on että ääni syntyi luonnollisista vaikuttimista, mutta voi se myös tulla siitä kellosta, josta minä olen niin paljon kuullut. Olkoon sen asian laita miten tahansa. Tämä oli kaikessa tapauksessa ainoa merkki, mikä meille annettiin molempien miesten lepopaikasta. Ja nämä miehet olivat nyt maksaneet sen velan, joka niin kauan oli heitä painanut.

Me huusimme kaikin voimimme, mutta ainoastaan kaiku vastasi syvyydestä. Kovin murheellisina lähdimme taas kulkemaan rinnettä ylöspäin.

"Mitä me nyt teemme, Mordaunt", sanoin minä matalalla äänellä. "Me voimme ainoastaan rukoilla heidän sielujensa rauhan puolesta."

Heatherstone katsoi säkenöivin silmin minuun.

"Nuo ihmiset ovat mahdollisesti menetelleet salattujen lakien mukaan", huudahti hän, "mutta nyt katsotaan, mitä Englannin lait asiasta sanovat. Minä luulen että chela voidaan hirttää niinkuin joku muukin kuolevainen. Meillä lienee aikaa saada heidät kiinni. Tule tänne, koirani, tule!"

Hän veti koiran noitten kolmen miehen jäljille. Eläin nuuski niitä pari kertaa ja laskeutui sitten maahan karvat pystyssä ja vavisten.

"Siinä näet", sanoin minä, "että on turhaa taistella heidän kanssaan, jolla on käytettävinään voimia, joita emme kykene edes nimittämään. Me emme voi muuta kuin myöntyä siinä toivossa että nuo miesparat toisessa elämässä saavat korvauksen kaikesta siitä, mitä heidän on täytynyt kärsiä."

"Ja että heidät vapautettaisiin kaikista perkeleellisistä uskonnoista ja niitten murhanhimoisista tunnustajistaan", huudahti Mordaunt kokonaan suunniltaan raivosta.

Oikeudentunto vaati minut tunnustamaan, että nuo kristityt miehet olivat itse syypäät kohtaloonsa, kun teurastivat tuon turvattoman buddalaisen, mutta minä en tahtonut ilmaista mielipidettäni Mordauntille pelosta että hän yhä enemmän kiihottuisi.

Monen turhan koetuksen jälkeen onnistui minun viimein saada hänet lähtemään tuosta onnettomuuden paikasta. Oi, miten pitkä ja väsyttävä olikaan paluumatka. Menomatkakin oli kyllä vaivalloinen, vaikka meillä oli heikko toivokin, mut-

ta nyt, kun kaikki oli mennyttä, tuntui kotimatka kauhean pit-
kältä. Raskain askelin ja vielä raskaammalla sydämellä kulim-
me me koko päivän erämaassa ja ehdimme juuri auringon las-
kiessa Cloomberiin.

Minä en koetakaan kertoa vaimon ja tyttären surua. Use-
ampana viikkona horjui Gabriella-parkani elämän ja kuoleman
välillä, mutta tohtori Easterlingin huolellisesti häntä hoitaessa
toipui hän kumminkin, vaikka ei hän tosin enää koskaan pääs-
syt entisiin voimiinsa. Mordaunt oli synkkä ja alakuloinen eikä
tointunut ennen kuin olimme muuttaneet Edinburghiin. Mutta
ei lääkärinhoito eikä ilmanvaihdos voinut auttaa rouva Heat-
herstone-parkaa. Hän kuihtui hitaasti, ja jotenkin varmaa oli
että hän muutaman viikon kuluttua yhtyy mieheensä.

Branksomen omistaja palasi Italiasta terveenä ja virkeä-
nä, ja tästä syystä me muutimme takaisin Edinburghiin. Asuin-
paikan muutos teki meille hyvää, sillä viime tapahtumat olivat
synkistyttäneet elämäämme. Sitä paitsi oli isälleni tarjottu kun-
niakas ja hyväpalkkainen paikka yliopiston kirjastossa, ja hän
riensi ottamaan sen vastaan.

Minä olen nyt useamman kuukauden ollut naimisissa
rakkaan Gabriellani kanssa, ja tämän kuun 23 p:nä viettää Es-
ter häitään. Minä toivon että Mordaunt saa hänestä hyvän vai-
mon.

Ennen kuin lopetan kertomukseni tahdon vielä omistaa
muutaman ajatuksen kenraalin ja Rufus Smithin katoamiselle
ja kuolemalle.

Yhtä asiaa en voi ymmärtää. Minä tunnustan aprikoivani
sitä seikkaa, miksi nuo kolme chelasta ottivat uhreiltaan hen-

gen Creen syvänteessä sen sijaan että olisivat sen tehneet miesten ollessa linnassa. Mutta luultavasti oli buddalaispapeilla pätevät syyt tehdä niinkuin tekivätkin.

Muutama kuukausi kauhuntapahtuman jälkeen luin eräästä Indian lehdestä, että nuo kolme buddalaista Lal Hoomi, Mowdar Khan ja Ram Singh olivat palanneet Euroopasta. Tämän ilmoituksen jälkeen seurasi esitys kenraalimajori Heatherstonen elämästä ja toiminnasta sekä tietoja siitä että hän oli äskettäin kadonnut kotoaan ja että oli syytä pelätä hänen saaneen surmansa veteen hukkumalla. Minä epäilen, tokkohan yksikään muu ihmissilmä saattoi keksiä mitään yhteyttä näitten kahden ilmoituksen välillä. Minä en niitä koskaan näyttänyt vaimolleni enkä Mordauntille, ja vasta sitten kun he lukevat nämä rivit, saavat he tietää ne.

En tiedä, tarvitseeko minun antaa pitempiä selityksiä tai lisätä mitään. Ymmärtäväinen lukija on jo saanut tietää syyn miksi kenraali pelkäsi tummia kasvoja, muukalaisia ja vieraita. Hänen unettomuutensa, jonka perusteena oli tuo kamala kellonsointi, saattoi hänet öisin kulkemaan ympäri huoneissa, ylisiltä kellariin asti, ja aina valaistut huoneet estäisivät pimeyden kauhujen häntä ympäröimästä.

Tiede opettaa meille, ettei semmoisia voimia, joita itämaiset uskonnonhaaveilijat sanovat omistavansa, itse asiassa ole olemassa. Minä John Fothergill West voin päättävästi väittää että tiede on väärässä. Historia osottaa että oppineet ovat hitaita uskomaan sitä mikä on totta. Tiede ivaili kauan Newtonia. Tiede näytti matemaattisesti, ettei rautalaiva voisi pysyä vedenpinnalla ja ettei höyrylaiva voisi kulkea Atlannin yli. Itämailla, jotka ovat suurten uskontojen kehto, löytyy viisaustie-

teilijöitä ja oppineita, jotka työskentelevät toisten menetysta-
pojen mukaan kuin länsimaitten tiedemiehet, mutta edellisillä
on äärettömän paljon enemmän tietoja luonnon salaisuuksista
kuin jälkimmäisillä.

XVII SALATTU VIISAUSTIEDE

Mordaunt Heatherstonen tekemä lisäys

Minä olen vastikään lukenut käsikirjoituksen, jossa hyvä ystäväni kertoo kaikista niistä tapahtumista, jotka päättyivät isäni kuolemalla, ja olen hyväksynyt kaikki paitsi yhdessä kohdassa. Ystäväni on näet pannut liian vähän painoa siihen hyvyyteen, jota hän koko aikana meille osotti.

Nyt olen pyytänyt saada tehdä pienen lisäyksen, voidakseni lausua muutaman sanan Indian salatusta viisaustieteestä, jota niin vähän tunnetaan.

Itämaisia adepteja löytyy nykyään pohjoisessa Indiassa ja Tiibetissä, mutta luultavaa on että he muinoin olivat paljoa laajemmalla levinneinä. Historiassa näemme heistä vilahduksia useammalla eri nimellä. Siellä kulkevat he Egyptin pappien, Kaldean moagien, teurgisten uusplatonilaisten ja hengennäkijäin nimellisinä. He muodostavat suletun, salaisen seuran, johon jokainen tutkimushaluinen mies saa yhtyä. Mutta seuraan liittyneen täytyy antautua ruumiillisiin vaaroihin, kärsiä puutteita ja kestää ankaraa kuria, ja siitä syystä vaan sangen harvoilla on mielenlujuutta ja rohkeutta kestää loppuun asti. Ne, jotka ovat voittaneet niin että heidät on otettu vihkiytyneitten joukkoon, ovat saaneet täyden korvauksen kärsimyksistään, sillä he saavat semmoiset voimat, jotka tekevät heidät tavallisia ihmisiä korkeammiksi.

Salattujen viisaustieteilijäin tiedot ovat sekä fyysillistä että metafyysillistä laatua. Mutta erittäinkin metafysiikan ja etupäässä ihmissielun tutkimiseen ovat he kiinnittäneet huomionsa. Mutta heidän fyysilliset tietonsa ja heidän kykynsä käsitellä niitä salaisia lakeja, joitten mukaan luonto rakentaa tai hävittää ovat paljoa korkeammat kuin ne, mitkä eurooppalaiset tiedemiehet tuntevat. Täytyy muistaa, että meidän tieteellisten tutkimusten tulokset ovat syntyneet muutaman sadan vuoden aikana, kun taas salattu viisaustiede ulottuu keskeymättömässä jaksossa vähintäin 20 tuhatta vuotta taaksepäin, aika, jonka kuluessa jokainen adepti on ilmoittanut viisautensa oppilailleen samaten kuin hänelle itselleenkin se oli ilmoitettu tai semmoisilla lisäyksillä, mitkä hän elämässään ja kokemuksillaan oli kyennyt itselleen hankkimaan. Vaikka nämä miehet ovat saaneet ihmeellisiä voimia ovat he kuitenkin ensimmäisiä vakuuttamaan, etteivät ne johdu mistään yliluonnollisesta lähteestä. Ne ovat syntyneet läheisestä ja perinpohjaisesta luonnon ja maailman hallitsevien salaisten lakien tuntemisesta. Koko ihmiskunta voi toivoa saavansa sen viisauden, minkä nämä jo ovat hankkineet itselleen.

Ensimmäinen läksy, jonka saa oppia, kun kulkee salatun viisauden tietä, on se ettei viisautta saavuteta yksinomaan ahkeruudella ja opinnoilla, vaan että jotakin muuta tarvitaan lisäksi. Maaperä on ensin valmistettava ennen kuin kallisarvoinen siemen siihen lasketaan. Teräväjärkisinkään ihminen ei voi koskaan toivoa suorittavansa ensi koetuksia, jotka kohtaavat salattua viisaustieteilijää, jos hän on ylpeä, ahne, aistillinen, itsekäs ja laiska. Rikkaruoho on poistettava ennen kuin puutarha voidaan istuttaa. Seitsemänä pitkänä vuotena pyrkii nuori chela saamaan omaa itseään hallitsevan vallan, ja jos hänen onnistuu se saavuttaa, niin on hän puhdas ruumiiltaan ja sielultaan, vapaa karkeammista eläimellisistä vaistoista ja välittämätön persoonallisista mukavuuksistaan. Hänen luontonsa henkinen puoli on kehittynyt ja osaksi voittanut eläimellisen osan.

Hän kykenee silloin ottamaan vastaan niitä opetuksia, jotka johtavat häntä korkeammalla tiellä. Moni luonnollisesti sortuu ennenkuin vihkimyspäivä on tullut. Tässä koulussa tulee valistua sisästä eikä ulkoapäin.

Ja mitkä ovat ne tulokset, jotka näillä tiedoilla saavutetaan? Me, jotka olemme niitten ulkopuolella emme voi niitä juuri arvostella.

Kuitenkin ovat he epäilyksen varjonkaan sijaa saamatta todistaneet että ihmisellä on sielu ja tehneet sen siten, että he itse erottavat sielunsa ruumiistaan, yhdistääkseen sen jälleen siihen milloin vaan itse hyväksi näkevät. Adepti voi erottaa sielunsa ruumiistaan yhtä helposti kuin hän riisuu päällimmäisen takin yltään ja saattaa ajatuksen nopeudella siirtää sielunsa mihinkä paikkaan tahansa maan päällä. Tällä kyvyllään voi viisas olla missä hän vaan mielii tämän maan päällä. Ja hän tietää että sielu itsessään on aineellinen ja että se sisältää paljoa eteerisemmän olemuksen jota me kutsumme hengeksi.

Kun Tursoksesta kotoisin oleva Paavali sanoo että ihmisellä on ruumis, sielu ja henki, niin tämä lausunto ei ole hänen joutavaa otaksumistaan, vaan se osottaa että hän oli tullut samaan lopputulokseen kuin salattua viisaustiedettä käsittelevä koulu, johon hän varmaan kuuluikin.

Adeptien ei tarvitse käyttää sanoja toistensa kanssa keskustellakseen, vaan he suorittavat senkin tehtävän ajatuksen muuttamisella. Vihkiytyneet voivat siis tuhannen peninkulman päästä puhua toisilleen yhtä helposti kuin he olisivat samassa huoneessa. Heidän Himalajalla olevat asuinpaikkansa, jotka meistä tuntuvat niin kolkolta, ovat itse asiassa kaiken henkisen toiminnan polttopisteinä. Toistensa huomiota herättääkseen on heillä kyky loihtia esiin se kellonsoinnilta kuuluva ääni, joka näytti niin suurta osaa isäparkani historiassa.

He välttävät ja tukevat väitteitään todistuksilla, että he hallitsevat luontoa siinä määrässä että voivat ottaa elementit ilmapiiristä ja yhdistää ne tai antaa niille minkä muodon vaan haluavat.

He voivat erittää kiinteän kappaleen, muuttaa sen molekyyleiksi (hiukkasiksi), lähettää nämä molekyylit kuinka kauas he vaan tahtovat ja sitten taas liittää ne toisiinsa siten että ne toisiinsa siten että ne muodostavat saman kappaleen, johon ne alkuperäisesti kuuluivat. Tällä tavalla siirrettiin suuri marmorimöhkäle Bombaysta Kalkuttaan, ja kirjettä on lähetetty semmoisella nopeudella, että sähkölennätin siten on joutunut häpeälle.

Nämä ovat muutamia niistä voimista, joita itämaiset viisaat väittävät omaavansa ja heidän järjestelmänsä ansaitsee kyllä länsimaiden tiedemiesten huomiota.

Adeptit huomauttavat kuitenkin painolla, että fyysilliset ilmiöt, jotka kyllä voivat olla hyödyksi täällä maailmassa, kumminkin ovat vähäarvoisia. He vakuuttavat että heidän järjestelmänsä todellinen arvo on sen metafyysillisessä ja uskonnollisessa ylävämielisyydessä, ja he väittävät suurilla valovirroilla selvittäneensä sielun ominaisuuksia. Ja tämä tosiasia poistaa uskonnolta sen haaveellisesti henkisen luonteen ja tekee siitä yhtä tarkan tieteen kuin mittausoppikin.

Tämän salaperäisen järjestelmän korkeampiin ei voi tunkeutua kukaan muu kuin se, joka on suorittanut alempien asteitten oppijakson ja puhdistunut sielultaan ja ruumiiltaan.

Luonnollisesti väittää länsimainen lukija, että on vaikea uskoa muutamien harvojen miesten voivan pitää salassa semmoista tietämistä, sitä vähemmin kuin sen alkuaan on täytynyt olla aiottu koko ihmiskunnalle. Salatun viisauden tutkija vastaa tähän väitteeseen, että ne voimat, jotka saadaan hänen järjestelmäänsä seuraamalla, ovat niin pelottavaa laatua että niitä helposti voitaisiin käyttää väärin, jos väärä henkilö tulisi niitten omistukseen. Hän siis katsoo asian siksi ettei ihmissuku vielä ole valmistautunut näitä voimia käyttämään ja että hänen täytyy ankarasti tutkia kaikki tiedonhaluiset, ettei kukaan arvoton pääsisi veljeskunnan jäseneksi.

Niistä tiedoista, joita tässä olen antanut, voin kiittää isäni mielipiteitä asiasta ja osaksi herra A. V. Sinnetin salatusta viisaustieteestä antamiin lausuntoihin. Viimeksi mainittu sanoo muun muassa:

"Koko salatun viisaustieteen oppirakennus perustuksesta katonharjaan asti eroaa niin perin pohjin muista käsitteistä, että on vaikea selittää sen sisällystä. Miten voisi selvittää kirjoituskonetta henkilölle, joka ei tunne yksinkertaistakaan mekaanista laitosta, ja jolla ei ole aavistustakaan laskuopista? Ja nykyaikaisen Euroopan oppineet ovat salattuun viisaustieteeseen nähden – huolimatta heidän omaamistaan suurista tiedoista – ihan täydellisessä tietämättömyydessä sen aakkosista."

Herra Sinnet kirjoittaa myös äänistä, joita adeptit suurella etäisyydellä panevat toimeen, ja että nämä äänet ovat niitten kaltaiset, jotka niin kauan vainosivat isääni. "Ääni ei ole kova", sanoo hän, "mutta selvä ja kuuluva. Jos veitsellä kevyesti lyötte juomalasin laitaan, voitte saada aikaan samanlaisen äänen, vaikka edellinen on puhtaampi ja selvempi. Salatun viisaustieteen harjoittajat käyttävät usein näitä kellonääniä, kun tahtovat herättää jonkun huomaavaisuutta."

Se lisäys, jonka minä olen kirjaan liittänyt, voi mahdollisesti valaista muutamia himmeitä kohtia siinä kertomuksessa, jonka niin asiallisesti on kirjoittanut ystäväni ja veljeni John Fothergill West.

Pohjalainen 22.9.-7.12.1900.

JÄLKISANAT

Tämä käsillä oleva teos, *Cloomber Hallin salaisuus* (*The Mystery of Cloomber*) on Arthur Conan Doylen (1859-1930) ensimmäinen julkaistu romaani. Hän kirjoitti sen kanssa samoihin aikoihin *Narrative of John Smithin*, mutta tuo toinen käsikirjoitus ei läpäissyt kustantajien seulaa ja julkaistiin vasta vuonna 2011. Julkaisijana tuolloin oli British Library, joka kirjailijan käsikirjoituskokoelman säilyttäjänä halusi keventää vanhojen asiakirjojen käyttöä.

Cloomber Hallin salaisuus ei kelvannut kustantamoille heti. Vuonna 1882 kirjoitettu teos julkaistiin 1888 jolloin Conan Doyle tunnettiin jo Sherlock Holmesin tekijänä. Siirtymä novelleista ja lyhyistä tarinoista romaanimittaan ei ollut kirjailijalle helppo. Vuosien 1888-1912 välisenä aikana julkaistuja seitsemää romaania yleisesti pidetään tekijän parhaina saavutuksina. Ponnistelu maksoi siis vaivan.

Syystäkin Cloomber Hallin salaisuutta on pidetty Conan Doylen vähinten tunnettuna salapoliisikertomuksena. Siitä puuttuu tunnettu salaisuuksien ratkoja ja kertomuksessa on science fictionin piirteitä. Positiivisessa ja arvostavassa hengessä esitetty intialainen mystiikka on ehkä karkottanut joitakin lukijoita.

Cloomber Hallin salaisuus on suomennettu kaksi kertaa. Ensimmäinen suomennos, joka julkaistaan uudelleen tässä teoksessa, on tuntemattomaksi jääneen kääntäjän työ *Pohja-*

laiselle. Käännös ilmestyi lehdessä jatkokertomuksena ja kirjana. Toisen suomennoksen teki Väinö Nyman Kustannusosakelyhtiö Kirjalle. Se julkaistiin nimellä *Cloomberin salaisuus eli astraalikello* vuonna 1922.

Heti ensimmäisillä riveillä esitelty päähenkilö James Fothergill West on amatöörisalapoliisi, jonka metodeista voi löytää jotakin Sherlock Holmesissa täyteen kukkaan noussutta.

Reijo Valta